**Copenhagen Trilogy 3**
*Gift*
**Tove Ditlevsen**

**Tove Ditlevsen:** *Gift*

# 코펜하겐 삼부작 3

## 의존

토베 디틀레우센 지음
서제인 옮김

암실문고
코펜하겐 3부작 제3권
의존

발행일
2022년 8월 20일 초판 1쇄

지은이 | 토베 디틀레우센
옮긴이 | 서제인
펴낸이 | 정무영
펴낸곳 | (주)을유문화사

창립일 | 1945년 12월 1일
주소 | 서울시 마포구 서교동 469—48
전화 | 02—733—8153
팩스 | 02—732—9154
홈페이지 | www.eulyoo.co.kr

ISBN 978—89—324—6133—5 04850
      978—89—324—6130—4 (세트)

# 목차

## 1부

## 2부

**일러두기**

1.  본 작품의 번역 판본은
    Michael Favala Goldman가
    영역한 『Dependency』(Farrar,
    Straus and Giroux, 2021)이며,
    원어인 덴마크어판 및
    스페인어판을 참고했다.
2.  본문의 각주는 모두 옮긴이와
    편집자 주다.

**옮긴이. 서제인**

기자, 편집자, 작가 등 글을 다루는 다양한 일을 하다가 번역을 시작했다.
거대하고 유기체적인 악기를 조율하는 일을 닮은 번역 작업에 매력을 느낀다.
옮긴 책으로 『잃어버린 단어들의 사전』, 『노마드랜드』, 『아파트먼트』가 있다.

# 1부

# 1

거실에 있는 **모든 것은 녹색이다.** 카펫도, 벽도, 커튼도. 그리고 나는 그림 속 사람처럼 언제나 그 안에 있다. 나는 매일 아침 5시쯤 일어나 추위에 발가락을 움츠리면서 글을 쓰려고 침대 가장자리에 앉는다. 5월 중순이고, 난방은 꺼져 있다. 나는 거실에서 혼자 자는데, 비고 F.가 너무도 오랫동안 혼자 살아온 나머지 갑자기 다른 사람과 함께 자는 데 익숙해질 수가 없어서다. 그건 이해할 수 있고, 내게도 괜찮은 일이다. 이른 아침의 이런 시간들을 오직 혼자서만 보낼 수 있기 때문이다. 나는 내 첫 장편 소설을 쓰고 있고, 비고 F.는 그 사실을 모른다. 어쩐지 그가 알면 『밀알』의 다른 모든 젊은 필자들에게 하듯 내 원고를 고쳐 주면서 조언을 해 주려 할 것 같다. 그러면 하루 종일 내 머릿속을 질주하는 문장들의 흐름은 막혀 버릴 것이다. 나는 저렴한 노란색 갱지에 손으로 원고를 쓴다. 너무나 낡아서 국립 박물관에 들어가도 될 것 같은 그의 타자기를 썼다가는 소음 때문에 그가 잠에서 깰 테니까. 그는 마당이 내다보이는 침실에서 잠을 자고, 나는 8시가 되어서야 그를 깨운다. 그러면 빨간색 테두리가 달린 하얀 잠옷 셔츠를 입은 그는 짜증스러운 표정으로 걸어 나와 욕실로 간다.

그동안 나는 우리 두 사람이 마실 커피를 만들고 빵 네 조각에 버터를 바른다. 두 조각에는 버터를 듬뿍 바르는데, 그가 살찌는 음식이라면 뭐든 몹시 좋아하기 때문이다. 나는 그를 기쁘게 하기 위해 내가 할 수 있는 모든 일을 한다. 그가 나와 결혼해 준 게 너무도 고마워서다. 여전히 무언가가 조금 잘못돼 있다는 걸 알지만, 그 점에 대해서는 생각하지 않으려고 애를 쓴다. 이유는 알 수 없지만 비고 F.는 지금까지 한 번도 나를 안아 주지 않았고, 그건 구두 속에 돌멩이가 들어간 것처럼 약간 신경이 쓰이는 문제다. 그럴 때마다 내 어딘가가 잘못된 게 틀림없다는, 그리고 내가 뭔가 그의 기대에 부응하지 못한 것 같다는 생각이 들기 때문이다. 우리가 마주보고 앉아 커피를 마실 때면 그는 신문을 읽는데, 이때 나는 그에게 말을 걸어서는 안 된다. 이유는 알 수 없지만, 그 순간 내 용기는 모래시계에 든 모래처럼 다 빠져나가 버린다. 나는 높고 빳빳한 칼라 가장자리에 흘러넘치듯 걸쳐진 채 가냘프게 떨리는 그의 이중 턱을 빤히 쳐다본다. 잠깐씩 신경질적으로 홱홱 움직이는 그의 작고 섬세한 두 손도. 혈색도 좋고 주름도 없어서 대머리가 더 잘 어울릴 것 같은 그의 얼굴 위에 가발처럼 얹힌 숱 많은 반백의 머리칼도. 마침내 서로에게 말을 할 때가 오면, 우리는 저녁으로 무엇을 먹을지나 등화관제용 커튼의 찢어진 곳을 어떻게 수선할지처럼 온통 사소하고 의미 없는 일들에 대해서만 얘기를 나눈다. 점령군에 의해 1주일간 금지되었던 주류 판매가 재개된다는 뉴스가 실렸던 날처럼, 그가 신문에서 뭔가 기운 나는 소식을 찾아낼 때면 나는 기쁘다. 그가 딱 하나밖에 없는 이를 드러내며 내게 미소 짓고, 내 손을 어루만지고, 작별 인사를 하며 나갈 때도 기쁘다. 그는 틀니를 하고 싶어 하지 않는다. 그의 말에 따르면 그의 집안 남자들은 대대로 쉰여섯 살이면 명을 달리하는데, 자기는 3년만 지나면 그 나이라서 굳이 돈을 들이고 싶지 않다는 것이다. 그가 인색하다는 건 숨길 수 없는 사실이고, 그 점은 우리 어머니가 그의 부양 능력에 부여했던 대단한 가치와는 전혀 어울리지 않는다. 그는 내게 옷 한 벌 선물해 준 적이 없다. 우리가 어떤 유명인의 집에 가려고 저녁에 외출할 때면 그는 시가 전차를 타지만, 나는 내 자전거를 타고 그 곁을 달려가야 하고, 전차를 따라 속도를 높이면서 그가 원할 때 손을 흔들기까지 해야 한다. 나는 예산 범위 내에서 생활비를 써야 하고, 그는 그 내역을 볼 때마다 모든 것이 너무 비싸다고 생각한다. 계산을 맞출 수 없을 때면 나는 가계부에 '이것저것'이라고 적는데, 그가 그걸 보면 무조건 난리를 피우기 때문에 어떤 지출도 빠뜨리지 않으려고 노력한다. 그는 또 아침에 가정부를 쓰는 문제를 두고도 난리를 피운다. 어쨌든 내가 아무것도 안 하면서 집에 있지 않느냐면서. 하지만 나는 살림을 하지 못하고 할 생각도 없으니, 그는 선택의 여지가 없다. 그가 경찰서 바로 앞에 서는 시가 전차를 타려고 녹색 잔디밭을 가로질러 가는 모습을 볼 때면 나는 기뻐진다. 그에게 손을 흔든 다음 창문에서 멀어지고 나면, 나는 그가 돌아올 때까지는 그에 관한 모든 걸 잊어버린다. 샤워를 하고, 거울을 보고, 마음속으로 생각한다. 내가 겨우 스무 살이라는 걸, 그런데 마치 한 세대 동안이나 결혼 생활을 해 온 듯 느껴진다는 걸. 이 녹색 공간 너머에 있는 삶들은 나를 지나쳐, 다른 사람들을 위해, 마치 케틀드럼과 톰톰 소리에 맞춘 듯 바쁘게 달려가고 있는 것 같다. 나는 겨우 스무 살밖에 안 됐지만 나의 매일은 먼지처럼 알아차리지 못하는 사이에 내 위에 내려앉는다. 어느 하루는 다른 모든 날들과 닮아 있다.

옷을 입은 나는 옌센 부인과 점심 식사에 대해 이야기를 나누면서 구입해야 하는 물건들의 목록을 만든다. 말수가 적고 내향적인 옌센 부인은 예전처럼 집에 혼자 있을 수 없게 되어 조금 기분이 상해 있다. "그렇게 나이 많은 남자가 이렇게 어린 여자와 결혼할 생각을 하다니 말도 안 되지." 부인이 중얼거린다. 내가 대꾸해야 할 만큼 큰 소리로 하는 말은 아니라서 나는 굳이 부인의 말에 귀를 기울이려 하지는 않는다. 내가 온종일 생각하는 건 제목은 정해졌지만 내용은 아직 확정되지 않은 내 장편 소설이다. 나는 그저 쓰고 있을 뿐, 이 글은 훌륭할 수도 있고 그렇지 않을 수도 있다. 가장 중요한 점은, 언제나 그랬듯 내가 글을 쓸 때 행복을 느낀다는 것이다. 나는 행복한 마음으로 주위의 모든 것을 잊고 있다가 내 갈색 숄더백을 집어 들고 장을 보러 가고, 그러고는 다시 아침의 희미한 우울에 사로잡힌다. 거리에서는 사랑에 빠져 서로의 손을 잡고 상대의 눈을 깊이 들여다보며 걸어가는 연인들밖에 보이지 않기 때문이다. 그런 광경은 거의 참을 수가 없다.

나는 문득 깨닫는다. 2년 전, 그다음 날 스페인 내전에 참전하기 위해 떠난다던 쿠르트와 함께 올림피아 바에서 집까지 걸어왔던 짧은 시간을 제외하면, 나는 한 번도 사랑에 빠져 본 적이 없었던 것이다. 그는 지금은 죽었을지도, 아니면 돌아와서 또 다른 여자를 만났을지도 모른다. 어쩌면 나는 세상에서 성공하기 위해 비고 F.와 결혼할 필요까지는 없었는지도 모른다. 어쩌면 우리 어머니가 너무도 간절하게 원했기에 그냥 결혼해 버렸는지도 모른다. 나는 고기가 부드러운지 보려고 손가락으로 찔러 본다. 이렇게 하는 건 어머니에게서 배웠다. 그런 다음에는 조그만 메모지에 고기 값을 적어 놓는다. 집에 도착하기도 전에 그걸 잊어버릴 것 같아서다. 장보기가 끝나고 옌센 부인이 돌아가면 나는 모든 걸 잊어버린다. 이제 아무에게도 방해가 되지 않을 테니 타자기 앞에 앉아 열심히 작업을 할 수 있다.

어머니는 정기적으로 우리 집에 찾아오는데, 함께 있으면 우리는 제법 유치해지기도 한다. 내가 결혼하고 며칠이 지난 어느 날, 어머니는 옷장을 열더니 비고 F.의 옷들을 살펴보았다. 남들과 마찬가지로 그의 본명을 부르기를 어려워하는 어머니는 그를 '비고만'이라고 부른다. 그의 본명은 나 역시 부를 수가 없는데, 어린아이가 아닌 사람을 '비고'라는 이름으로만 부르자니 어딘가 미성숙하게 느껴지기 때문이다. 어머니는 비고 F.의 모든 녹색 옷들을 하나씩 들고 불빛에 비춰 보더니 너무 심하게 낡은 한 벌을 찾아냈고, 아무래도 그 옷은 더 입을 수 없겠다고 판단했다. 그러더니 브룬 부인이라면 그 옷을 이리저리 꿰매서 내게 원피스를 한 벌 만들어 줄 수 있을 거라는 결론을 내렸다. 어머니가 그런 결정을 내리면 아무리 반대해도 소용이 없다. 나는 이의를 제기하지 않고 어머니가 그 옷을 가져가게 놔두었고, 그저 비고 F.가 그 옷에 대해 묻지 않기만을 바랐다. 조금 시간이 흐른 뒤에 우리 부부는 우리 부모님을 찾아갔다. 우리는 그 집에 자주 가지는 않는데, 비고 F.가 우리 부모님에게 말하는 방식 어딘가에 내가 참을 수 없는 부분이 있어서다. 그는 마치 정신적으로 장애가 있는 아이들을 상대하듯 큰 소리로 느릿느릿 말을 하고, 굳이 조심을 해 가며 부모님이 흥미 있어 할 듯한 주제들을 찾는다. 우리가 부모님을 찾아갔던 어느 날, 비고 F.가 갑자기 팔꿈치로 내 옆구리를 넌지시 찔렀다. "이런 우연의 일치가 다 있네요." 엄지와 검지로 콧수염을 배배 꼬며 그가 말했다. "당신 어머니 원피스 천이 우리 집 옷장에 걸어 둔 내 옷 한 벌하고 완전히 똑같다는 거, 눈치 챘어요?" 어머니와 나는 황급히 방에서 빠져나와 웃음을 터뜨렸다.

이 무렵, 나는 어머니와 무척 가까워졌음을 느낀다. 더 이상 어머니에게 어떤 깊고 고통스러운 감정도 품고 있지 않다. 어머니는 자기 사위보다 나이가 두 살 적고, 두 사람은 내가 어렸을 때 어땠는지에 관해서 말고는 서로 어떤 이야기도 나누지 않는다. 나는 우리 어머니의 기억 속에 있는 어린 시절의 나를 전혀 알아볼 수가 없어서, 마치 그들이 전혀 다른 어떤 아이에 대해 이야기하고 있는 것처럼 느껴진다. 어머니가 찾아올 때면 나는 내 장편 소설을 비고 F.의 책상 서랍에 넣고 잠가서 치워 버린다. 나는 커피를 만들고, 우리는 그것을 마시며 수다를 떤다. 우리는 아버지가 외르스테드 공장에서 안정적인 일자리를 얻은 게 얼마나 다행인지에 대해, 에드빈의 기침에 대해, 그리고 로살리아 이모가 돌아가신 뒤로 어머니의 내장에 나타나기 시작한 갖가지 괴롭고 걱정스러운 증상들에 대해 이야기한다. 나는 우리 어머니가 여전히 예쁘고 젊어 보인다고 생각한다. 어머니의 몸집은 작고 세련됐고, 비고 F.와 마찬가지로 얼굴에는 거의 주름이 없다. 파마한 머리칼은 인형처럼 풍성하고, 의자에 앉을 때면 항상 가장자리에, 등을 꼿꼿이 세우고 두 손은 핸드백 손잡이에 올린 채로 앉는다. 그 모습은 '잠깐 동안만' 앉아 있을 거라고 하고는 몇 시간이 지나도록 일어나지 않던 로살리아 이

모가 늘 보여 주던 모습과 똑같다. 어머니는 비고 F.가 화재 보험 회사에서 돌아오기 전에 돌아가는데, 그때가 되면 비고 F.는 대체로 기분이 나쁜 데다가 집에 누군가가 있는 것도 좋아하지 않기 때문이다. 그는 사무실에서 하는 일을 싫어하고, 그곳의 사람들 역시 싫어한다. 그는 모든 사람에게 일종의 적대감을 품고 있는 것 같다. 그 사람이 우연히 예술가이기도 한 경우가 아니라면 말이다.

식사를 하고 생활비 예산을 점검하고 나면, 그는 보통 『프랑스 혁명』을 어디까지 읽었느냐고 내게 묻는다. 그 책은 내가 받기로 되어 있는 기본적인 교육의 일부고, 그래서 나는 적어도 하루에 몇 페이지씩은 꼭 읽기로 하고 있다. 내가 접시들을 밖으로 내가고 나면 그는 긴 쿠션 의자에 누워 쉬고, 나는 황량한 마당에 유리 같은 빛을 비추는, 경찰서 앞에 있는 푸른색 가로등을 힐끗 바라본다. 그러고 나면 차양을 내리고 자리에 앉아 비고 F.가 일어나서 커피를 달라고 할 때까지 칼라일을 읽는다. 커피를 마시는 동안에, 또는 우리가 어떤 유명인을 방문하려고 외출하지 않아도 될 때, 우리 사이에는 기묘한 침묵이 펼쳐진다. 마치 우리가 서로에게 할 수 있는 모든 말들은 결혼하기 전에 다 바닥나 버린 것 같다. 나는 그가 3년 뒤에 죽으리라고는 생각지 않으니까, 우리는 앞으로 25년쯤은 버텨 주어야 하는 말들을 이미 다 사용해 버린 것이다. 내 머릿속을 차지하는 생각이라고는 내 장편 소설에 관한 것밖에 없는데, 거기에 대해 말할 수가 없으니 무엇에 관해 말을 해야 할지 모르겠다. 한 달 전, 점령이 시작된 직후에, 비고 F.는 독일군이 자신을 체포할 거라는 생각으로 불안해했다. 그가 「소시알 데모크라텐」에 강제 수용소에 관한 기사를 써서였다. 그래서 우리는 일어날 가능성이 있는 일들에 대한 이야기를 나눴다. 그러다 저녁이 되면 꼭 겁에 질리고 그만큼 양심의 가책에 시달리는 그의 친구들이 우리 집에 들르곤 했다. 하지만 이제 그들은 모두 그 위험에 대해서는 잊은 것처럼 보이고, 대체로 아무 일도 없었다는 듯 살아간다. 매일, 나는 그가 컬덴달 출판사에 보낼 자신의 새 장편 소설 원고를 다 읽었느냐고 물을까 봐 겁이 난다. 나는 그의 책상에 놓인 그 소설을 읽으려고 시도해 봤지만, 너무도 지루하고 말이 많은 데다 복잡하고도 부정확하게 꼬여 있는 문장들로 가득해서 도저히 끝까지 읽을 수 있을 것 같지 않다. 그 점 역시 우리 사이에 긴장이 흐르게 만든다. 내가 그의 책들을 좋아하지 않는다는 점 말이다. 실제로 그렇게 소리 내 말한 적은 없지만, 그렇다고 그 책들을 칭찬해 본 적도 없다. 그저 문학은 잘 이해할 수가 없다고 둘러

댔을 뿐이다.

집에서 보내는 우리의 저녁이 매일 똑같이 슬프기는 해도, 나는 여전히 그 시간이 유명 예술가들과 함께 보내는 저녁보다는 낫다고 생각한다. 예술가들과 함께 있으면 나는 수줍음과 어색함에 사로잡힌다. 그들의 명랑한 말에 재치 있는 대답을 내놓지 못할 때는 내 입 안에 톱밥이 꽉 차 있는 듯한 느낌이 든다. 그들은 자기들의 그림이나 전시회나 책에 관해 이야기하고, 막 써낸 시를 낭독하기도 한다. 그러나 내게 글쓰기란 어린 시절에 그랬던 것처럼 비밀스럽고 부끄러움으로 가득하고 금지된 행위이며, 아무도 보지 않는 구석으로 숨어들어야만 비로소 실행할 수 있는 행위다. 그들은 내게 지금 무얼 쓰고 있느냐고 묻는다. "아무것도요." 나는 대답한다. 비고 F.가 나를 구해 주러 온다. "토베는 지금 책을 읽고 있어요. 산문을 쓰기 위해서는 엄청나게 많이 읽어야만 하고, 쓰는 건 그 다음 일이죠." 그는 거의 내가 그 자리에 없는 것처럼 나에 관해 이야기한다. 마침내 우리가 집에 가려고 일어날 때에야 나는 안도감에 빠져든다. 유명인들과 함께 있을 때면 비고 F.는 마치 나를 처음 만났을 때처럼 완전히 다른 사람이 — 쾌활하고, 자신감이 넘치며, 재기발랄한 사람이 — 된다.

어느 날 저녁, 일러스트레이터 아르네 웅에르만의

집에 모인 그들은 『밀알』에 작품이 실린 젊은 작가들을 모두 한데 모으고 싶다는 이야기를 나눈다. 코펜하겐 여기저기에 흩어져 살고 있는 그 작가들은 아마도 몹시 외로울 테니 말이다. 아마 그들은 서로를 알게 되면 기뻐할 것이다. "그럼 토베가 그 모임의 장이 되면 되겠네." 비고 F.가 내게 상냥한 미소를 지으며 말한다. 그 일을 생각하니 나는 행복해진다. 요즘 내가 젊은 사람들을 볼 수 있는 건 오직 그들이 용기를 내서 자기 작품을 들고 우리 집을 찾아올 때뿐이기 때문이다. 그럴 때 그들은 이 영향력 있는 사람과 결혼한 나를 슬쩍 쳐다보는 것조차 어려워한다. 의기양양해져서 말문이 열린 나는 그 모임을 '젊은 예술가 클럽'이라고 부르면 되겠다고 말한다. 그 아이디어는 모두의 갈채를 받는다.

다음날 나는 비고 F.의 공책에서 필요한 주소들을 찾아낸 다음, 조만간 어느 날 저녁에 우리 집에서 모일 것을 제안하는 아주 예의 바른 편지를 몇 마디로 간단하게 쓴다. 그런 다음 작성한 모든 편지를 경찰서 옆에 있는 우체통에 넣으면서 그들이 앞으로 얼마나 행복해질지 상상한다. 내가 그리 오래지 않은 과거에 그랬듯, 가난하고 외로운 그들이 이 도시 곳곳의 얼음처럼 차가운 셋방에 앉아 있을 거라는 생각이 들어서다. 결국 비고 F.는 나를 무척 잘 알고 있는 사람이라는 생각이 든다. 그는 내가 나이 든 사람들에게 둘러싸여 지내는 데 지쳤고, 그의 녹색 공간 속에서 종종 숨 막히는 기분을 느낀다는 걸 알고 있다. 그리고 내가 프랑스 혁명에 관한 책을 읽으면서 청춘을 다 보낼 수는 없다는 것도.

# 2

젊은 예술가 클럽은 이제 현실이 되었고, 내 삶에는 다시 빛깔과 내용이 생겨났다. 열 명이 조금 넘는 우리는 목요일 저녁마다 여성 회관에 있는 어느 공간에서 모이는데, 그곳은 우리 각자가 커피 한 잔씩을 사 마신다는 조건으로 사용 허가를 얻어 낸 곳이다. 케이크 없이 커피만 마시면 한 사람당 1크로네고, 돈이 없는 사람들은 있는 사람들에게 빌려서 낸다. 모임은 우리보다 나이가 많고 유명한 예술가, 그러니까 소위 '거물'의 강연으로 시작한다. 그 예술가는 여기서 강연을 하면서 친구인 비고 F.의 부탁을 들어주는 셈이다. 나는 강연이 끝나면 일어서서 강연자에게 감사의 말을 해야 한다는 생각에 너무 몰입한 나머지 강연 내용을 하나도 제대로 듣지 못한다. 끝날 때는 언제나 같은 말을 한다. '훌륭한 강연에 감사드립니다. 와 주셔서 정말 감사했습니다.' 우리에게는 다행스럽게도, 거물들은 보통 커피 한 잔 하고 가시라는 우리의 제안을 사양한다. 그러면 나머지 우리들은 햇살 아래에서 쾌활하게 이것저것 수다를 나누면서 시간을 보낸다. 다만 우리를 한데 모아 준 사람의 이름은 좀처럼 언급하지 않는다. 기껏해야 그들 중 누군가가 내게 다른 이야기를 하다가 덧붙이듯, "제가 최근에 시 두 편을 보냈는데, 묄레르가 좋게 읽었는지 어떤지 혹시 아세요?" 하고 묻는 정도다. 그들은 그에 관한 이야기를 할 때면 모두 그를 묄레르라고 부르면서 존경심을 품는다. 그 덕분에 그들은 무명작가로 남아 있지 않을 수 있었고, 만약 운이 조금 더 좋다면 언제나 미디어의 주목을 받아 온 『밀알』에 관한 리뷰 기사에서 가끔씩 자기 이름을 보게 될 것이다. 우리 클럽에 여자는 세 명뿐이다. 소냐 하우베르[1], 에스테르 나겔[2], 그리고 나다. 나를 뺀 두 명은 예쁘고, 진지하고, 검은 머리에 검은 눈을 지니고 있으며, 부유한 집안 출신이다. 소냐는 문학을 공부했고, 에스테르는 약국에서 일한다. 우리는 비고 F.를 그다지 존경하지 않는 듯

한 유일한 인물인 피에트 헤인만 빼놓고는 모두 스무 살 언저리다. 피에트 헤인은 내가 11시까지는 집에 들어가야 해서 그 뒤에 자기와 함께 헝가리 와인을 파는 술집에 가지 못한다는 사실을 두고 투덜거린다. 그래도 나는 언제나 집에 제 시간에 들어간다. 비고 F.가 그날 저녁 있었던 일들을 들으려고 자지 않고 나를 기다리고 있어서다. 그는 커피나 와인 한 잔을 가져다 놓고 거기 앉아 기다리는데, 그럴 때면 나는 내 친구들의 눈으로 그를 바라보게 된다. 그렇게 얘기를 하다 보면 보통은 반쯤 쓴 내 장편 소설을 그에게 보여 주고 싶어지지만, 나는 결국 그럴 엄두를 내지 못한다. 얼굴이 파이처럼 둥근 피에트 헤인은 종종 신랄한 말을 해서 나를 조금씩 겁에 질리게 한다. 깊은 밤, 그는 달빛만이 비치는 깜깜한 도시를 함께 걸으며 나를 집까지 데려다주고, 그럴 때마다 운하에서, 아니면 구리 지붕이 녹색으로 빛나는 증권 거래소 건물 앞에 멈춰 서서는 내 두 팔을

---

1    1918~1947. 덴마크의 소설가. 『레아를 위한 7년』, 『4월』 등의 작품을 남겼다.

2    1918~2005. 덴마크의 소설가. 여성 이슈를 주제로 한 작품을 다수 집필했으며, 1986년에는 작가와 주부, 어머니로서의 삶을 주제로 토베 디틀레우센과 교환한 편지들을 모은 서간집을 출간하기도 했다.

책처럼 펼치고 내게 길고 깊은 키스를 한다. 그는 내가 너무도 아름다워서 원하는 누구하고든 사귈 수 있었을 텐데, 왜 그런 헐거인 같은 사람과 결혼했냐고 묻는다. 나는 그게 누구든 비고 F.를 놀릴 때면 기분이 좋지 않기에 에둘러 대답한다. 피에트 헤인은 가난하게 산다는 게 뭔지, 삶의 거의 모든 순간을 단지 생존을 위해서만 사용해야 한다는 게 무슨 뜻인지 모르는 사람 같다. 나는 그보다는 할프단 라스무센[3]에게 더 공감을 느낀다. 할프단은 키가 작고, 비쩍 말랐고, 옷을 제대로 챙겨 입지 않고, 생활 보조금에 의존해 살고 있다. 그와 나는 자라난 환경도, 쓰는 언어도 비슷하다. 하지만 할프단은 에스테르와 사랑에 빠져 있고, 모르텐 닐센[4]은 소냐와, 그리고 피에트 헤인은 나와 사랑에 빠져 있다. 목요일마다 만나는 우리는 몇 주 만에 이 사실을 알게 되었다. 내가 피에트 헤인과 사랑에 빠진 게 맞는지는 잘 모르겠다. 키스할 때면 몸이 달아오르기는 하지만, 그가

---

3    1915~2002. 덴마크의 시인. 2차 대전 중 독일 점령군에 맞서는 저항 운동을 했으며 사회적 이슈와 인권에 관한 작품을 다수 남겼다. 훗날 덴마크의 국민 시인으로 존경받았다.

4    1922~1944. 덴마크의 시인. 2차 대전 중 독일 점령군에 맞서 저항 운동을 펼쳤다. 시집으로 『무기 없는 전사』가 있다.

내게 엄청나게 많은 일들을 동시에 해 달라고 할 때면 혼란스럽기도 하다. 자기와 결혼해 달라, 아이들을 낳아 달라, 내게는 여자인 친구가 필요한 것 같으니 자기가 아는 어떤 여자를 만나 봐 달라······. 피에트는 나를 품에 안을 때면 '아기 고양이'라고 부른다.

어느 날 저녁 그가 모임에 그 여자를 데려온다. 나디아라는 이름을 가진 이 여자는 누가 봐도 그를 사랑하고 있다. 나디아는 나보다 키가 크고, 날씬하고, 어깨가 살짝 구부정하다. 남들을 위해 너무 많은 시간을 쓰느라 자신을 위한 시간을 낼 수 없었던 사람처럼, 그의 표정에는 어딘가 멍하고 허술한 데가 있다. 나는 나디아가 정말로 마음에 든다. 나디아는 원예 용품점에서 일하고, 이혼한 러시아인 아버지와 같이 산다. 나디아의 초대를 받은 나는 비고 F.에게 그 사실을 알린 다음 그의 집에 찾아간다. 그 아파트는 커다랗고 으리으리하다. 우리가 차를 마시는 동안 나디아는 피에트 헤인에 관한 이야기로 나를 즐겁게 해 준다. 나디아는 피에트가 동시에 두 명의 여자 친구를 사귀는 걸 좋아한다고 알려 준다. 나디아가 그를 처음으로 알게 되었을 때 그는 결혼한 상태였는데, 나디아에게 이별을 통보하기 전에 나디아를 기어이 자기 아내와 친구가 되게 만들었다고 한다. 하지만 그들은 이제 더 이상 친구가 아니다.

"그건 그냥 피에트가 즉흥적으로 만들어 낸 관계였어요." 나디아의 말투는 차분하다. 나디아는 내 생활에 관해 물어보더니 비고 F.와 이혼하는 게 어떻겠느냐고 제안한다. 그건 내가 방금 떠올린 생각이기도 하다. 나는 성생활이라는 게 존재하지 않는 우리의 생활에 대해 말하고, 나디아는 비고 F.가 나를 아이 없이 살아갈 운명에 처하도록 만든 건 잘못이자 유감스러운 일이라고 한다. "피에트한테서 조언을 좀 받아야 할 것 같은데요." 나디아가 말한다. "당신한테 그렇게 몸이 달아 있는 한 그 사람은 당신이 부탁하는 일이면 뭐든 할 거예요."

그래서 어느 날 저녁, 우리가 운하 근처에 조용히 서 있고, 느릿느릿 부드러운 소리를 내는 물이 부두에 철썩이며 부딪힐 때, 나는 그렇게 한다. 이혼을 하려면 어떻게 해야 하느냐고 내가 묻자, 피에트는 현실적인 문제는 모두 자기가 책임지겠다고 한다. 내가 해야 할 일이라곤 남편에게 이야기하는 것뿐이다. 피에트는 내가 살 하숙집 비용을 대겠다고, 비고 F.보다 나를 더 잘 돌봐주겠다고 한다. 나는 내 생활비는 스스로 벌 수 있을지도 모른다고, 지금 장편 소설을 쓰고 있다고 무덤덤한 목소리로 대답한다. 마치 내가 지금까지 스무 편의 장편을 썼고 이번 소설이 스물한 번째는 되는 것처럼. 피에트는 자기가 그 소설을 읽어 봐도 되겠느냐고 묻지만, 나는 다 쓰기 전에는 누구에게도 보여줄 수 없다고 대답한다. 그러자 그는 언제 한번 밤에 자기 집에 와서 저녁을 먹지 않겠느냐고 묻는다. 그는 이혼한 뒤에 스토레 콩엔스가데에 작은 아파트를 구해서 살고 있다. 나는 좋다고 하고는 비고 F.에게는 부모님 댁에 다녀올 거라고 말한다. 그에게 거짓말을 하는 것은 처음이고, 그가 나를 믿자 나는 부끄러워진다. 비고 F.는 책상 앞에 앉아 『밀알』의 레이아웃을 짜고 있다. 교정지에서 그림과 기사, 시 들을 오려 낸 다음 지난 호 『밀알』의 지면 위에 풀로 붙이는 작업이다. 그는 이 작업을 너무도 정교하게 해내고, 녹색 전기스탠드 밑으로 커다란 머리를 숙이고 있는 그의 온몸은 행복을 닮은 무언가를 발산하고 있다. 그는 다른 사람들이 자기 가족을 사랑하듯 그 잡지를 사랑하는 것이다. 그의 부드럽고 촉촉한 입술에 키스하자 갑자기 내 두 눈에 눈물이 맺힌다. 우리가 공유하는 무언가가 — 많지는 않지만, 무언가가 — 있는데, 이제 나는 그것을 파괴하기 시작한 것이다. 내 인생이 전에 없이 복잡해지기 직전이라는 생각이 들자 슬퍼진다. 하지만 한편으로는 지금껏 다른 누군가가 원하는 바를 절대 거스르는 법이 없었던 내가 정말 이상하다는 생각도 든다. 이렇게 살아 본 적은 없었다. "조금 늦을지도 몰라요." 내가 말한다. "우리 어머니가 몸이 좀 안 좋으셔서요. 그러니 기다리지 말고 먼저 자요."

"음." 피에트가 쾌활하게 말한다. "좋지 않았어요?"

"네." 나는 행복하게 대답한다. 악셀과의 관계 이후로 나는 어쩌면 내가 그쪽으로 뭔가 문제가 있는 게 아닌지 궁금했었는데, 그런 문제는 없는 것 같다. 피에트와 나는 음식을 먹으며 술을 마셨고, 나는 조금 취했다. 우리는 캐노피가 달린 널찍한 침대에 누워 있다. 피에트가 안과 의사인 자기 어머니에게서 받은 것이다. 재미있는 모양의 램프들과 현대적인 가구로 채워진 이 방의 바닥에는 북극곰 가죽이 깔려 있다. 침대 옆에 놓인 꽃병에는 벌써 꽃잎이 떨어지기 시작한 장미 한 송이가 꽂혀 있다. 피에트가 내게 선물한 꽃이다. 그는 푸른색 플란넬 원피스 한 벌도 선물했는데, 그 옷은 당분간 그의 집에 걸어 두어야 한다. 그 옷을 그냥 집에 가져갈 수는 없다. 나는 장미를 집어 들고 향기를 들이마신다. "얘는 더 이상 접붙여지고 싶지는 않대요." 나는 그렇게 말하고 웃는다. "그거, 내가 쓸 수 있겠는데요." 피에트는 소리를 지르며 실오라기 하나 걸치지 않은 알몸으로 침대에서 뛰쳐나온다. 그는 책상 앞에 앉아 펜 한 자루와 종이를 붙잡고 무언가를 휘갈겨 쓰더니 그것을 내게 보여 준다. 그건 그가 「폴리티켄」지에 매일 연재하는 재치 있는 4연시 '그루크'다. 그 시는 다음과 같다.

> 연인의 침대 곁에 장미 한 송이를 두었네
> 장미는 얼굴을 붉혔지, 달콤한 향기를 퍼뜨리며
> 첫 번째 꽃잎이 떨어지고, 두 번째, 그리고 더
> 많이
> 이제 장미는 접붙이기를 믿지 않네

내가 그 시를 칭찬하자 그는 원고료의 절반은 내 몫이라고 한다. 피에트에게 작가가 된다는 것은 숨기거나 부끄러워해야 하는 무언가가 아니다. 그에게 글쓰기란 숨 쉬는 것만큼이나 수월한 일이다.

"이건 묄레르가 감내하기에는 힘든 굴욕이 되겠는데요." 그가 만족스러워하며 말한다. "당신이 결혼했을 때, 그 사람 친구들 모두가 그 결혼이 얼마나 지속될지 내기를 했어요. 1년을 넘길지 못 넘길지에 대해서요. 아무도 1년 넘게 지속될 거라고는 생각하지 않았죠. 로베르트 미켈센은 결혼하기 전에 미리 재산 분배 계약을 해 두라는 제안까지 했어요. 다들 당신이 그의 재산 절반을 가져갈 거라고 생각했거든요."

나는 충격을 받은 채로 입을 연다. "당신 정말 못

됐군요. 그리고 당신도 방조자예요."

"아니죠." 피에트가 말한다. "난 그냥 그 사람을 좋아하지 않을 뿐이에요. 그 사람은 자기는 예술가도 못되면서 예술에 기생하는 사람이에요. 글도 못 쓰고요."

나는 마음이 불편해진다. "그건 그 사람 잘못이 아니잖아요. 그리고 당신이 그 사람을 그런 식으로 말하는 거 싫어요. 기분이 안 좋다고요." 나는 몇 시냐고 묻고, 내 짧은 행복은 사라진다. 뭔가 치명적인 일이 일어날 것 같은 축축한 은빛 침묵이 방을 가득 채운다. 피에트가 하는 말들이 내게는 들리지 않는다. 나는 비고 F.를 떠올린다. 탁상용 스탠드 아래로 몸을 굽힌 채 잡지 지면의 틀을 잡고 있는 모습을. 나는 그의 친구들이 했던 내기를 떠올린다. 그리고 그에게 우리가 헤어져야 한다고 말할 수는 없을 거라는 생각도 한다. 피에트는 다정하게 말한다. "가끔씩 당신은 아주 아득해져서 닿을 수 없게 느껴져요. 당신은 너무 매력적이고, 난 당신과 사랑에 빠진 것 같아요." 이어서 그는 묻는다. "내가 편지를 써도 될까요? 우편물이 그 사람이 집을 나가고 난 다음에 배달되나요?" "네." 내가 대답한다. "편지는 쓰셔도 돼요." 다음날 나는 피에트에게서 러브레터 한 통을 받는다. '내 소중한 아기 고양이에게. 당신은 내가 결혼하고 싶다는 상상을 해 볼 수 있었던 유일한 여자예요.' 불안해진 나는 비고 F.에게 전화를 건다. "무슨 일이에요?" 나는 약간 퉁명스러운 그의 물음에 이렇게 대답한다. "모르겠어요. 그냥 좀 많이 외로워서요." "알았어요. 오늘밤에는 집에 있을게요. 됐죠?"

그런 다음 나는 작업 중인 장편 소설을 꺼내고, 쓰고 또 쓰면서 모든 것을 잊어버린다. 소설은 거의 완성되어 간다. 제목은 『한 아이가 상처를 입었다』가 될 것이다. 나는 책 속의 인물들이 겪는 일을 결코 경험하지 않을지도 모르지만, 그 소설은 어떤 식으로든 나에 관한 이야기가 된다.

# 3

"그러니까 이걸," 비고 F.가 콧수염을 빙글빙글 돌리며 말한다. 그건 그가 기분이 좋다는 신호다. "당신 지금 이걸 나한테 내내 숨겨 온 거예요?" 그는 내 원고를 손에 들고 앉은 채 푸르고 밝은 눈으로 나를 올려다본다. 그 눈은 너무나 투명해서 방금 물에 씻어 낸 것만 같다. 그의 모든 것은 깨끗하면서 말쑥하고, 비누와 면도용 로션의 향기를 풍긴다. 담배를 피우지 않는 그의 숨결은 아기의 그것처럼 상쾌하다.

"네." 내가 말한다. "당신을 놀라게 해 주고 싶었어요. 그거, 정말로 괜찮은 것 같아요?"

"놀랄 만큼 멋져요." 그가 말한다. "쉼표 하나도 잘 못 들어간 게 없어요. 이건 분명 대단한 성공작이 될 거예요."

내 얼굴이 행복으로 달아오르는 게 느껴진다. 그 순간 나는 피에트 헤인이나 이혼에 대한 생각은 손톱만큼도 떠올리지 않는다. 다시금, 비고 F.는 내가 평생 동안 만나기를 꿈꿔왔던 사람이 된다. 그는 와인 한 병을 꺼내더니 두 개의 녹색 잔에 나눠 따른다. "건배." 그가 미소 짓는다. "그리고, 축하해요." 우리는 먼저 귈덴달 출판사에 원고를 보내 보기로 의견을 모은다. 그 출판사는 내 시들은 원하지 않았지만, 얼마 전에 — 내가 아직 다 읽지 못한 — 비고 F.의 장편 소설을 내기로 결정한 곳이었다. 그는 그저 자신의 글을 이해하기에는 내가 너무 젊다고, 그 소설에 내가 도움을 줄 수는 없다고 했었다. 그날 저녁, 우리는 마치 결혼 전에 그랬듯 서로와 함께 있다는 사실을 즐거워한다. 나는 곧 그에게 꺼내게 될 이야기를 떠올려 보지만, 그것은 10년 뒤에 일어날 일을 상상하는 것만큼이나 아득하고 비현실적으로 느껴진다. 그날 저녁은 우리가 정말로 가까웠던 마지막 저녁이었다. 등화관제용 커튼 뒤에 펼쳐진 녹색 거실에서, 우리는 세상이 아직 보지 못한 무언가를 오직 둘이서만 함께 나누었다. 우리는 잘 시간이 지날 때까지 내 첫 장편 소설 얘기를 했고, 둘 다 와인을 마시며 틈틈이 하품을 했다. 절대 취하는 법이 없는 비고 F.는 남들이 취하는 것도 참지 못한다. 요하네스 벨트세르[5]는 술에 취하면 우리 집 마루 위를 왔다 갔다 하면서 자기가 쓰고 있던 장편 소설에 관해 땀까지 흘리며 열변을 토했고, 비고 F.는 그런 그를 여러 번 쫓아냈었다. "그 인간은 죽을 때까지 나불대기만 할 거야." 비고 F.는 그렇게 말한다. 그는 요하네스가 평생 동안 써 온 문장 가운데 괜찮은 건 딱 하나밖에 없다고 생각한다. 그것은 이런 문장이었다. '내게 소중한 것들은 불안과 장거리 여행이다.' 다른 손님들은 대부분 우리의 기대에 늘 암묵적으로 부응하고 있다. 적당한 시간에 자리를 뜰 거라는 기대. 그리고 술은 적당히만 마실 거라는 기대. 우리 집에는 손님이 제법 자주 찾아오고, 그럴 때면 나는 아마게르브로가데에 있는 조리 식품점에 장을 보러 간다. 우리 어머니와 마찬가지로 나도 가장 기본적인 메뉴들을 제외하고는 요리하는 법을 거의 모르기 때문이다.

어느 날 나는 어머니에게 이혼할 거라고 털어놓는

---

5    1900~1951. 덴마크의 시인 겸 소설가

다. 그러면서 피에트 헤인에 대해, 그가 준 갖가지 선물들에 대해, 그리고 그가 내 미래를 어떻게 책임질 것인지에 대해 이야기한다. 어머니는 이마를 찡그린 채 한참 동안 생각한다. 내가 어릴 때 살던 동네에서는 아무도 이혼하지 않았다. 그곳의 부부들은 늘 말다툼을 하고 원수같이 싸우기는 해도 이혼이라는 말은 절대 꺼내지 않는다. 이혼이란 오직 사회적으로 높은 계층에 있는 사람들에게만 일어나는 일인 게 틀림없다. 그 이유는 아무도 모르지만.

"그런데 그 남자가 너랑 결혼하려고 할까?" 어머니가 결국 질문을 던진다. 뭔가 골치 아픈 일이 생길 때마다 그러듯, 어머니는 집게손가락으로 코를 문지르고 있다. 나는 피에트가 아직 그런 얘기는 꺼내지 않았지만 아마 곧 꺼낼 거라고 대답한다. 그러면서 비고 F.와 결혼한 채로 계속 사는 일을 견딜 수가 없다고, 매일 그가 집으로 돌아올 때가 되면 가슴이 아프다고, 우리 두 사람 모두에게 결혼은 실수였다고도 말한다. 어머니가 입을 연다. "그래, 어떤 면에서는 이해가 간다. 너희들 둘이서 길을 걸어갈 때면 정말 좀 바보 같아 보여. 그 사람이 너보다 훨씬 키가 작으니까 말이야." 어머니는 다른 사람의 마음을 짐작하는 능력이 아예 없는 사람이어서 내 기분을 상하게 할 만큼 충분히 내 안으로 들어오지 못하고, 그건 나에게는 좋은 일이다.

　이제 나는 목요일마다 모임이 끝나면 피에트 헤인과 함께 집에 간다. 비고 F.에게는 강연이 끝난 뒤에 토론이 정말 길게 이어진다고, 모임의 장인 내가 제일 먼저 자리를 뜨는 건 적절하지 못한 일 같다고 이야기한다. 기다리지 말고 먼저 자라고 나는 그에게 말한다. 그는 한번 잠들면 절대 깨어나지 않고, 내가 얼마나 늦게 집에 오는지도 모른다. 피에트가 조바심을 내며 묻는다. "하지만 왜, 왜 그 사람한테 말을 안 하는 거죠?" 나는 다음날 비고 F.에게 말하겠다고 거듭 약속하지만, 결국에는 내가 그 말을 꺼낼 수나 있을지 의심스러워진다. 비고 F.가 어떻게 반응할지 모르겠다는 점이 가장 두렵다. 나는 말다툼을 하고 소란을 피우는 일을 두려워한다. 우리 아버지와 오빠가 매일 밤 싸워 대는 바람에 단 하루도 평화롭지 못했던 우리 집의 작은 거실을 떠올릴 때마다 소름이 끼친다. 어느 날 저녁 피에트가 말한다. "그 사람한테 말을 못 하겠으면 그냥 지금 이대로 집을 나와 버려도 돼요. 어차피 옷가지 정도만 가지고 나올 수 있을 텐데." 하지만 그럴 수는 없다. 그건 너무 비열하고 잔인하고 배은망덕한 일이다. 한편, 피에트는 자기가 떠나 버려서 불행해진 나디아에게 조금 더 관심을 기울여 달라고 내게 부탁한다. 나는 나디아를 자주 찾아간다. 나디아는 기다란 다리를 쭉 뻗은 채 철제 의자에 앉아서 마치 이목구비의 위치를 전부 바꿔 놓고 싶은 것처럼 신경질적으로 얼굴을 문질러 댄다. 나디아에 따르면 피에트는 위험한 사람이고 여자들을 불행에 빠뜨리려고 태어난 사람이다. 이제 그가 떠났으니 나디아는 인생을 바꿔 볼 생각이다. 대학에 가서 심리학을 공부할 예정인데, 자기는 언제나 자기 자신보다는 다른 사람들에게 관심이 있었다고 한다. 그리고 그 일은 나디아를 구해 줄 것이다. 나디아의 목소리가 슬퍼진다. "그 사람은 당신 역시 떠날 거예요. 어느 날 와서는, 나 다른 사람이 생겼어, 하고 말할 거라고요. 그래도 당신은 틀림없이 어금니 꽉 깨물고 참아 내겠죠." '어금니를 꽉 깨물고 참아 낸다'는 건 피에트가 좋아하는 표현이다. 나디아는 또 내가 어쨌든 이혼은 해야 할 거라고, 그리고 그러기 위해서는 피에트가 다른 누구 못지않게 좋은 핑계라고도 한다. 나는 나디아가 하는 말에 크게 주의를 기울이지는 않는다. 어찌 됐든 나디아는 지금 버림받은 처지를 견디기 어려워하는 상태니까.

가끔씩 피에트 헤인은 나를 귀찮게 한다. 이를테면 내가 그의 품에 안겨 누워 있고, 그가 내 미래에 대한 계획들을 떠올릴 때가 그렇다. 그는 마치 나 스스로는 내 인생을 돌볼 능력이 없다는 듯 내 인생을 온통 헤집거나 정리하고 싶어 하고, 나는 그의 그런 부분을 괴로워한다. 그가 나를 그냥 가만히 내버려 뒀으면 좋겠다. 어떤 커다란 변화도 없이 그와 비고 F. 사이를 이리저리 오가면서 둘 다 잃지 않을 수 있었으면 좋겠다. 나는 언제나 변화를 회피해 왔고, 예전 모습 그대로 남아 있는 것들에게서 위로를 받아 왔다. 하지만 이제는 그럴 수가 없다. 이제 나는 다시금 거리에서 서로 사랑하는 연인들을 바라볼 수 있게 됐지만, 어린아이들을 데리고 있는 어머니들을 보면 고개를 돌리게 된다. 나는 유아차를 들여다보는 일을 피하고, 옛날에 내가 살던 동네의 여자아이들에 관한 생각도 하지 않으려 애쓴다. 아이를 갖기 위해 열여덟 살이 될 때까지 기다린 걸 너무도 자랑스러워하던 그 아이들. 나는 그런 종류의 생각들을 모두 억누른다. 피에트가 나를 임신시키지 않으려고 조심하고 있어서다. 그는 여성 작가들은 아이를 낳아서는 안 된다고, 세상에는 아이를 낳을 수 있는 다른 여자들이 수도 없이 많다고 이야기한다. 반면에 책을 쓸 수 있는 여자들은 그렇게 많지 않다고.

　　오후 5시가 가까워지자 내 고통은 극으로 치닫는다. 부엌에 서서 감자를 굽고 있는데, 심장이 크게 두근거리기 시작하더니 화로 뒤편에 펼쳐진 벽을 하얗게

메꾼 타일들이 떨어져 내리기 시작할 것처럼 눈앞에서 흔들린다. 우울하고 짜증 난 얼굴을 한 비고 F.가 문을 열고 들어서자 나는 마치 아직 정체조차 알지 못하는 무서운 일을 막아 내려는 것처럼 맹렬하게 말을 하기 시작한다. 그는 오직 한 음절로 된 단어들로만 대답하지만, 나는 저녁을 먹는 동안 끊임없이 떠들어 댄다. 나는 비고 F.가 지금껏 한 적이 없는, 뭔가 무시무시하고 돌이킬 수 없는 말이나 행동을 할 것 같아 불안해진다. 그의 관심을 얻어 내자 내 심장은 약간 진정되고, 다시금 대화가 멎기 전까지는 편히 숨을 쉴 수 있다. 나는 온갖 것들에 대해 이야기한다. 에른스트 한센[6]이 그려 준 내 초상화를 옌센 부인에게 보여 주자 부인이 "그거 사람 손으로 그린 거 맞아요?" 라고 물었던 일 같은 것들. 또 나는 어머니에 대해, 전에는 항상 너무 낮았는데 이제는 너무 높은 어머니의 혈압에 대해서도 이야기한다. 내가 프로이트를 너무 많이 읽은 것 같다는 모호한 답변과 함께 귈덴달 출판사가 돌려보낸 내 책에 대해서도 이야기한다. 나는 프로이트가 누군지도 모른다. 그리고 나는 내 장편을 아테네움이라는 새 출판사에

---

6    1892~1968. 덴마크의 화가

보내고는 답변이 오기를 매일같이 기다리고 있다. 어느 날 저녁, 비고 F.가 내 불안을 눈치 챈다. 그는 내가 제법 말수가 많아졌다고 지적한다. 나는 몸이 그다지 좋지 않다고, 심장에 뭔가 문제가 생긴 것 같다고 대답한다. "말도 안 돼요. 당신 나이에는 있을 수 없는 일이에요." 그는 웃음 짓는다. "분명 뭔가 걱정이 있어서 그런 거겠죠." 그는 걱정스러운 표정을 지으며 무슨 신경 쓰이는 일이라도 있느냐고 묻는다. 나는 아무 문제도 없고 마음이 아주 편안하다며 그를 안심시킨다. 그러자 그가 말한다. "게르트 이외르겐센한테 전화를 해서 당신 진료 예약을 할게요. 그 사람 정신과 과장 의사예요. 나도 오래 전에 한 번 만나 본 적이 있고요. 판단력이 아주 뛰어난 사람이에요."

그렇게 해서 나는 의사 맞은편에 앉게 된다. 덩치가 크고 몸이 울룩불룩한 의사의 두 눈은 금방이라도 눈구멍에서 튀어나올 것처럼 커다랗다. 나는 그에게 모든 것을 털어놓는다. 피에트 헤인에 대해, 그리고 비고 F.에게 이혼하고 싶다고 말하지 못하는 것에 대해. 게르트 이외르겐센은 책상 위에 놓인 편지 개봉용 칼을 만지작거리며 내게 명랑한 미소를 지어 보인다.

"서로 다른 두 남자 사이에 끼어 있는 것도 제법 재미있지 않나요?" 그가 말한다.

"그래요." 나는 놀라며 대답한다. 왜냐하면 그건 사실이니까.

"묄레르를 놔 주셔야 됩니다." 그의 말투는 사무적이다. "그건 아무 생각 없이 한 결혼이에요. 아실지도 모르겠지만 저는 하레스코우 요양원의 정신과 과장입니다. 당신 편집자한테 당신이 거기서 잠깐 머무르는 게 좋겠다고 추천할 거예요. 그런 다음에 나머지는 제가 알아서 할게요. 그 사람의 시야에서 벗어나자마자 심장에 생긴 문제는 사라질 겁니다."

그는 그 자리에서 곧바로 비고 F.에게 전화를 걸고, 비고 F.는 그 생각에 아무런 이의가 없다. 바로 그 다음날 나는 슈트케이스를 챙겨 하레스코우 요양원으로 가서 숲이 내다보이는 개인실을 배정받는다. 나는 정신과 의사와 다시 면담을 하는데, 그는 모든 것이 정리되기 전에는 피에트 헤인이 나를 방문해서는 안 된다고 한다. 그가 피에트에게 전화해 내게서 떨어져 있으라고 요청할 것이다. 요양원에는 온통 우리 어머니 나이대의 여자들뿐이다. 다들 몹시 고상해 보이고 잘 차려입었다. 초라한 옷차림 때문에 주눅이 든 나는 피에트가 내게 선물했지만 아직 사용할 수 없는 갖가지 물건들을 떠올린다. 극적인 일이라곤 없는 나날들이 지나가고, 내 심장은 정상으로 돌아온다. 나는 바그스베르에 있는 어느 상점에서 타자기 한 대를 빌려다가 시를 쓴다.

《영원한 삼각관계》

내 인생에는 두 명의 남자가 있지
끊임없이 나와 마주치는,
한 남자는 내가 사랑하고
다른 남자는 오직 나만을 사랑하는

하지만 피에트 헤인이 내게 사랑한다는 말을 한 적이 없는 것처럼, 나 역시 내가 정말로 그를 사랑하는지 알지 못한다. 그는 내게 초콜릿과 편지를 보내고, 하루는 판지 상자에 담긴 난초 한 송이를 보낸다. 나는 별 생각 없이 그 꽃을 줍고 긴 화병에 꽂아 침대 옆 협탁에 올려놓는다. 이외르겐센 박사와 면담해야 하는 날, 비고 F.는 먼저 내 방으로 온다. 인사를 하자마자 그의 눈이 난초를 향한다. 그는 얼굴이 창백해져서는 의자 가장자리에 앉는다. 놀란 내 눈에 그의 떨리는 아랫입술이 들어온다. 그가 난초를 가리키며 떨리는 목소리로 묻는다. "저기 저 꽃, 누가 보냈죠? 당신 다른 사람 생겼어요?"

"오, 아니에요." 나는 곧바로 대답한다. "익명으로

발송된 꽃이에요. 이름을 밝히지 않은 팬한테서요."

　　그렇게 말하는 동안 나는 어머니를 떠올리고 있다. 어머니는 말할 때 순발력이 뛰어났고, 나는 그 점을 어린 시절 내내 존경했었다.

# 4

이제 가을이고, 나는 목에 오실롯[7] 털가죽을 댄 검은 코트를 입고 숲속을 이리저리 걸어 다닌다. 내 세계가 다른 여자들의 세계와는 완전히 다르다고 느낀 나는 동행 없이 혼자 걷는다. 그들과는 식사 시간에 그저 피상적인 대화만 나눌 뿐이다. 피에트 헤인이 매일 나를 찾아온다. 그는 내게 초콜릿이나 꽃을 가져오고, 우리는 숲속을 몇 시간 동안 함께 걷는다. 그러는 동안 그는 여

---

7    표범과 비슷한 고양잇과의 동물

러 이야기를 한다. 내게 좋은 하숙집을 구해 주려는 자신의 노력이 어떻게 되어 가고 있는지, 또 내가 비고 F.를 치워 버린 게 얼마나 잘한 일인지. 나는 비고 F.를 더 이상 보지 않게 되었다는 이유만으로 그를 내게서 치워 버렸다는 생각이 들지는 않지만, 현실적이고 세속적인 데다 감상적인 구석이라고는 없는 피에트에게 그걸 설명할 수는 없다. 우리 머리 위로 알록달록한 잎들을 떨어뜨리는 나무들 밑에 선 피에트는 마치 자기가 나를 소유한 행복한 주인이라도 된 것처럼 내게 키스하더니, 내가 마땅히 행복해 보여야 하는 만큼 행복해 보이지 않는다고 말한다. 나는 비고 F.에게서 받은 편지 한 통을 그에게 보여 주지만, 그는 그저 웃으며 이렇게 말할 뿐이다. "좌절해서 속 쓰려 하고 있는 남자한테 뭘 더 기대할 수 있겠어요." 비고 F.가 쓴 내용은 이랬다. '토베에게. 출판사에서 당신 책을 출간하기로 결정했다는 연락이 왔어요. 편지와 같이 들어 있던 수표를 동봉해요.' 그 다음에는 그의 서명이 있었다. 편지지를 뒤집고 또 뒤집어 보았지만, 다른 말은 아무것도 없었다. 출판사에서 내 책을 마음에 들어 했다는 건 기뻤지만, 그 편지는 나를 심란하게 했다. 우리가 마지막으로 좋게 보낸 저녁을, 한때 우리가 공유했지만 이제 파괴되고 있는 것들을 떠올리게 했기 때문이다. 이외르겐셴 박사는 비고 F.가 이혼을 원하지 않는다고 내게 알려 주었다. 그는 내가 피에트 헤인과 벌이고 있는 일을 언젠가 후회할 거라고 생각한다는 것이다. 비고 F.는 빈정거리는 성격을 지닌 피에트를 좋아한 적이 한 번도 없었고, 심지어 그 둘은 서로를 만나 본 적조차 거의 없었다. 에스테르한테서도 편지가 왔다. 에스테르는 우리 클럽 사람들이 나를 보고 싶어 한다면서 내가 부재중인 동안 자신이 모임의 장으로 활동해도 괜찮겠느냐고 물었다. 그는 비고 F.를 찾아가서 내가 어디 있는지 털어놓게 만들 수는 없었지만, 모르는 척하고 있던 피에트를 추궁해서 내 주소를 얻어 낼 수 있었다고 했다. 만약 내가 비고 F.와 함께 집에 있었더라면, 나는 장편 출간이라는 이 특별한 기회를 축하하기 위해 값비싼 식당에 가서 저녁을 샀을 것이다. 하지만 피에트에게 저녁 식사를 대접하고 싶다는 생각은 들지 않는다. 대접하는 사람은 내가 아니라 피에트여야 한다는 생각에 우리 둘 다 암묵적으로 동의하고 있어서다. 한편으로, 나는 불안을 품은 채 내 미래에 대해 생각한다. 그 녹색 공간에는 일종의 안도감이 있었으니까. 결혼한 여자가 되어 매일 장을 보고 저녁 음식을 만든다는 생각에는 어딘가 나를 안심시키는 부분이 있었는데, 이제 그것은 깡그리 무너져 내리는 중이다. 피에트는 결혼에 대해서는 아무 말도 하지 않고, 이제는 비고 F.가 이혼을 하고 싶어 하는지 아닌지에 대해서도 관심이 없어 보인다.

결국 피에트는 적당한 하숙집을 찾아낸다. 젊은 여자라는 연약하고 덧없고 불확실한 존재가 된 나는 새로워진 기분으로 그곳에 이사를 간다. 좋은 가구들로 채워진 방은 밝고 근사하고, 머리에 모자를 쓴 가정부가 나를 보살펴 준다. 다시 시를 쓰기 시작한 나는 이번에 받은 선인세로 타자기 한 대를 사서 시들을 기록하고 있다. 피에트는 내게 그런 종류의 글을 실어 주는 잡지사 중 한 곳에 시들을 팔아 보라고 하지만, 나는 내 시들이 거절당할까 봐 두렵다. 저녁이 되어 내 좁은 침대에 피에트와 함께 누워 이야기를 나눌 때면, 그가 자기 자신에 대해서는 한마디도 하지 않는다는 게 정말이지 이상하다는 생각이 든다. 그의 두 눈은 건포도처럼 생기가 없고, 그가 미소를 지을 때면 깨끗하고 하얀 이가 통째로 드러난다. 나는 내가 그와 사랑에 빠진 게 맞는지 아직도 모르겠다. 젊은 여자라면 다들 그렇듯 나 역시 가정과 남편과 아이를 갈망하고 있는데, 그는 나와 그저 즐기기만 한다는 생각이 든다. 그럴 때마다 나는 어딘가가 짓눌리는 것 같다. 하숙집은 강변 대로에 있어서 클럽 사람들은 그 동네에 올 때면 종종 나를 찾아온다. 그럴 때면 나는 버튼 하나를 눌러 가정부를 호출해서는 커피를 달라고 하고, 우리는 그것을 마신다. 우리는 클럽에서 오토 겔스테드[8]가 했던 강연에 관해 이야기한다. 그 강연은 예술가들의 정치적 참여에 관한 내용이었는데, 우리 가운데 누구도 정치적 참여를 하고 있지 않은 까닭에 토론은 완전히 망해 버렸다. 커다랗고 각진 얼굴을 요람처럼 펼친 두 손 위에 얹은 모르텐 닐센이 내 긴 쿠션 의자 가장자리에 앉아 있다. 그가 말한다. "아마 난 자유의 전사[9]들한테 합류해야 될 것 같아요." 점령군이 너무도 강력하기에 나는 그 생각이 어리석다고 여기지만, 그에게 그런 말을 하지는 않는다. 어쩌면 나는 하느님에 대한, 왕에 대한, 조국에 대한 우리 아버지의 반감을 물려받았는지도 모르겠다. 쿵쿵거리며 거리를 걸어 다니는 독일군 병사들을 미워하고 싶다는 강렬한 충동이 내 안에서는 일어나지 않으니 말이다. 나 자신의 삶과 불확실한 미래 때문에 마음이 바쁜 나는 지금 당장은 애국자 같은 생각을 할 수가 없다. 나는 비고 F.가 그립다. 그와 같은 방에 머물면서 내가 병들었다는 사실은 잊어버렸다. 그에게 내 시

---

8    1888~1968. 덴마크의 시인, 번역가, 문학비평가

9    반체제 무장 투쟁하는 사람을 지지자들이 가리켜 부르는 이름

들을 보여 주던 일이 그립고, 그를 찾아가 자기들의 글을 보여 주는 내 친구들에게 질투가 난다. 하지만 정신과 과장 의사는 내가 그를 내버려 둬야 한다고 말했다. 어느 날 에스테르가 나를 찾아오더니 자기가 비고 F.의 가정부가 되기로 했다고 전해 준다. 매번 지각하는 바람에 일하던 약국에서 해고당했던 에스테르는 그 제의에 기뻐하고 있다. 그는 이제 시간을 더 내서 반쯤 쓴 장편 소설을 끝마치고 싶다는 이야기도 한다. 또 이런 말도 한다. 내가 이사를 나간 뒤로 비고 F.가 혼자 있는 일을 견디지 못하고 있다고.

　내가 하숙집에서 살게 된 지 한 달이 지난 어느 날 오후, 피에트가 나를 찾아온다. 들떠 있으면서도 조금은 불안한 모습이다. 그는 평소처럼 내게 키스하는 대신 그냥 자리에 앉더니, 얼마 전에 구한 은색 손잡이가 달린 보행용 지팡이로 마룻바닥을 가볍게 두드린다. "당신한테 할 얘기가 있어요." 그는 건포도 같은 두 눈으로 나를 곁눈질하며 그렇게 말하고는 지팡이를 의자 등받이에 걸어 놓는다. 그러더니 마치 추운 것처럼, 혹은 무언가 기쁜 일이 있는 것처럼 두 손을 비틀며 다시 입을 연다. "당신은 분명 어금니 꽉 깨물고 참아 낼 거예요, 그렇죠?" 나는 그러겠다고 약속하지만, 그의 태도는 나를 온통 겁에 질리게 한다. 순간, 그가 나를 한 번도 품에 안았던 적 없는 완전한 타인처럼 느껴진다. 그는 빠르게 말을 잇는다. "얼마 전에 어떤 젊은 여자를 만났는데, 굉장히 예쁘고 굉장히 돈이 많은 사람이에요. 우리는 곧바로 사랑에 빠졌는데, 이제 그 사람이 윌란으로 나를 초대했어요. 맨션으로요. 그 사람 가족이 소유한 집이래요. 내일 떠날 거예요. 그래도 당신이 힘들어하지 않기를 바라요."

현기증이 난다. 내 집세는, 내 미래는 어떡하라고? "눈물 금지." 피에트가 단호하게 두 손을 펴 들며 말한다. "제발, 윗입술에 힘 딱 주고 버텨요. 우리 관계에는 어떤 의무도 없었어요, 그렇죠?" 나는 대답할 수가 없다. 벽들이 기울어지기 시작하는 것처럼 느껴져서 떠받쳐야 할 것 같다. 내 심장은 예전에 비고 F.와 함께 지내면서 현기증을 느꼈던 때처럼 미친 듯 쿵쾅거린다. 내가 어떤 말도 행동도 하기 전에 피에트는 문 밖으로 나가 버린다. 너무 빨라서 마치 벽을 뚫고 나간 것 같다. 그러자 눈물이 쏟아진다. 나는 긴 쿠션 의자에 누워 베개에 대고 흐느끼면서 나디아를 떠올린다. 나디아의 충고를 들었어야 했다. 울음을 멈추기가 힘들다는 건 어쩌면 결국 내가 피에트를 사랑하고 있었다는 뜻인지도 모른다.

그때 문을 두드리는 소리가 나더니 긴 바지 위에

우중충한 트렌치코트를 걸쳐 입은 나디아가 걸어 들어온다. 그는 긴 쿠션 의자 위에 조용히 앉아 내 머리를 쓰다듬는다. "피에트가 당신한테 들러 봐 달라고 부탁해서요." 나디아가 속삭인다. "울지 말아요. 그 사람 그럴 가치 없는 사람이니까." 나는 눈물을 닦고 자리에서 일어선다. "맞아요. 당신한테 했던 짓이랑 정확히 똑같네요." "그리고 어금니는요?" 나디아가 웃으며 묻는다. "어금니 꽉 깨물고 참아 내는 것도 했어요?" 나 역시 웃음을 터뜨리고, 그러자 세상은 조금 더 밝은 곳으로 변한다. "네, 윗입술에 힘 딱 주고요." 내가 말한다. "진짜 웃기는 남자예요." "맞아요, 웃기죠." 나디아는 시인한다. "그 인간한텐 여자들이 빠져드는 무언가가 있는데, 나중에는 다들 그게 뭐였는지 모르게 돼요. 시간이 좀 지나고 나서 할 수 있는 일이라고는 그 인간을 비웃는 것밖에 없다니까요." 나디아는 거기 앉아 골똘히 생각하는 표정을 짓는다. 그의 얼굴은 슬라브인답게 이목구비가 큼직큼직하고 인정이 많아 보인다. "그 인간이 편지는 잘 쓰는데." 나디아가 말한다. "난 전부 모아 놨어요. 당신한테도 편지를 쓰던가요?" "아, 네." 나는 수납장으로 걸어가서 빨간색 나비매듭 리본으로 묶어 둔 편지 뭉치를 통째로 꺼낸다. "괜찮다면 좀 봐도 될까요?" 나디아가 묻는다. 내가 편지 뭉치를 건네자 나디아는 첫 번째 편지를 두어 줄 읽더니 곧바로 머리를 뒤로 젖히고 웃기 시작하고, 좀처럼 멈추지 못한다. "아, 맙소사." 나디아는 그렇게 중얼거리더니 편지를 소리 내 읽는다. '내 소중한 아기 고양이에게. 당신은 내가 결혼하고 싶다는 상상을 해 볼 수 있었던 유일한 여자예요.' "정말 미쳤구나." 나디아가 웃느라 숨을 헐떡인다. "정확히 나한테 썼던 편지랑 똑같아요." 그는 몇 줄 더 읽더니 그 편지가 자기 집에 있는 편지와 단어 하나까지 모두 똑같다는 사실을 알아차린다. "있죠." 나디아가 말한다. "이 편지들 전부 어디서 복사한 게 틀림없어요. 이 인간의 아기 고양이들이 전국에 얼마나 많이 흩어져 있을지 누가 알겠어요. 맨션이 있다는 그 여자를 떠나고 나면, 이 인간은 그 여자를 위로하라고 당신을 그리로 보낼 거예요." 다시금 심각해진 나는 집세가 너무 비싸서 여기서 계속 살 수 없다고, 사실상 무일푼 신세라고 나디아에게 설명한다. 그러자 나디아는 피에트가 전에 말했던 것처럼 내 시들을 팔아 보라고 권한다. 내가 다시 사무실에서 일해야 한다면 너무 슬플 거라면서 말이다. "「데트 뢰데 아프텐블라트」지에 한번 가봐요. 피에트는 거기에 엄청나게 많은 시들을 팔았거든요. 전부 「폴리티켄」이 받아 주지 않은 시들이었어요. 당신은 이제 글을 써서 먹고 살아야 해요. 누가 돌봐 준다는 둥, 그런 얘기들은 전부 헛소리예요. 그건 틀림없이 누군가가 당신한테 주입한 생각일 거예요."

다음날 나는 세 편의 시를 들고 편집자의 사무실을 방문한다. 편집자는 수염이 길고 하얀 노인이다. 그는 시들을 읽으면서 무심히, 기계적으로 내 등을 어루만진다. 그러더니 입을 연다. "이것들은 훌륭하군. 나가서 회계팀에서 30크로네 받아 가요." 그 뒤로 나는 「폴리티켄」에서 발행하는 잡지와 『예메트』지에 내 시들을 팔고, 『엑스트라 블라데트』지에는 젊은 예술가 클럽에 관한 칼럼을 쓴다. 그렇게 해서 나는 그 하숙집에서 계속 살 수 있게 된다. 에스테르는 비고 F.가 나를 몹시 그리워하고 있으며, 매일 밤 그가 잠들기 전에 자기가 몇 시간이나 앉아서 대화를 나눠 주어야만 한다는 이야기를 들려 준다. 나는 비고 F.가 아직도 나를 만나고 싶어 하는지 물어봐 달라고 에스테르에게 부탁하지만, 비고 F.는 그러길 원치 않는다고 한다. 그는 심지어 에스테르가 내 이야기를 꺼내는 것조차 원치 않는다. 나는 피에트 헤인보다 그를 더 많이 그리워하면서 우리 클럽의 친구들이 드문드문 찾아올 때를 빼고는 아무도 만나지 않고 지낸다.

어느 날 저녁, 나디아가 언제나처럼 불난 집에서 막 도망쳐 나온 것 같은 옷차림으로 나를 찾아온다. "당

신한테는 친구 집단이 필요해요." 그는 말한다. "세상에
서 너무 고립돼 있다고요. 저기 남쪽 항구 근처에 사는
어떤 젊은 사람들을 내가 아는데, 당신을 무척이나 만
나고 싶어 할 거예요. 다들 횡 상업학교 학생들인데, 토
요일에 파티를 한대요. 가지 않을래요? 그중에 제일 매
력적인 사람은 학장 아들이에요. 이름이 에베인데, 꼭
레슬리 하워드같이 생겼어요. 그 사람은 스물다섯 살이
고, 술을 안 마실 때는 경제학을 공부하고 있어요. 옛날
에 내가 홀딱 빠져 지낸 적도 있는데, 그 사람은 눈치를
전혀 못 채더라고요. 그 사람은 당신처럼 시적이면서
긴 금발머리를 한 여자들한테 끌려요." "저기, 내 말 좀
들어 볼래요?" 나는 그의 말을 끊는다. "지금, 무슨 중
매쟁이나 그런 것처럼 굴고 있는 거 알아요? 그래도 토
요일에는 갈게요. 당신 말이 맞으니까요. 내가 밖에 나
가서 예술가가 아닌 다른 젊은 사람들하고 좀 어울릴
필요가 있는 건 사실이니까." 나는 행복한 마음으로 긴
쿠션 의자를 정돈하고는, 누군가의 품에 안겨 누워 있
고 싶다는 희미한 갈망을 마음속에 품은 채 잠자리에
든다. 잠들기 전에, 그 에베라는 사람에 대해 생각해 본
다. 그가 어떻게 생겼을지 궁금하다. 그 사람이 정말 나
같은 사람한테 반할까? 이른 밤 한가운데로 끼익끼익
소리를 내는 시가 전차가 굴러간다. 마치 내 거실을 가

로질러 달려가는 것 같다. 전차 안에는 재미있는 일을 하기 위해 외출하는 사람들, 완전히 정상적인 사람들이 앉아 있다. 그들은 이 저녁과 일찍 일어나 출근해야 하는 다음날 아침 사이에 몹시 즐거운 일들을 채워 넣고 싶어 하는 사람들이다. 글을 쓴다는 점만 빼면 나 역시 완전히 정상적이다. 긴 금발머리 여자들에게 끌리는 정상적인 젊은 남자를 꿈꾸고 있으니까.

# 5

남쪽 항구로 가는 길에 나디아는 '랜턴 클럽'에 관해 약
간 이야기해 준다. 그건 그 사람들이 자기들을 부르는
이름인데, 왜 그런 이름이 붙었는지는 아무도 모른다.
횡 상업학교에서 학위를 받기 위해 코펜하겐에 온 학
생들로 구성된 그 모임은 파티를 열고, 술에 취하고, 숙
취에 시달리며 누워 있는 것 말고는 하는 일이 별로 없
다. 우리는 바람이 불어오는 방향으로 자전거를 타고
가는 중이다. 비가 와서 추운 날씨다. 나는 어린 소녀처
럼 짧은 원피스를 입고, 머리에는 나비 모양 리본을 달
고, 니삭스와 플랫 슈즈를 신었다. 원피스 위에는 양모

스웨터를 입었고, 그 위에는 나디아와 똑같이 트렌치코트를 걸쳤고, 목에는 양 끝이 뒤로 나부끼도록 빨간 목도리를 둘렀다. 이게 올해 유행할 옷차림이다. 나디아는 아파치족 소녀처럼 옷을 입었다. 그의 길고 검은 실크 바지 자락이 자전거 체인 가드에 부딪히면서 탁탁 소리를 내며 나부낀다. 나디아는 이 모임 사람들의 사고방식이 무척 자유롭다고 한다. 그들은 모두 찢어지게 가난하고, 집에서는 아주 조금씩의 돈만 받고 있다. 파티는 올레와 리세라는, 아이가 하나 있는 부부의 집에서 열릴 예정이다. 올레는 건축가가 될 예정이고 리세는 사무실에서 일하는데, 남편과 사별하고 그들의 옆집에 사는 리세의 어머니가 그동안 아기를 봐준다고 한다. "그 사람들, 근처 쓰레기 매립지에서 버섯을 채집해서 살아가요." 나디아가 말한다. 그는 또 그 저녁 식사 모임에는 각자 음식을 조금씩 가져오기로 되어 있지만, 여자들은 아무것도 가져가지 않아도 된다는 사실도 알려 준다. 그 모임은 이제 남자를 더 받지는 않지만, 여자는 항상 환영하기 때문이라고. 우리가 도착했을 때는 오래되고 운치 있는 가구로 채워진 기다랗고 밝은 방의 식탁 주위에 이미 모두가 둘러앉아 있다. 그들은 위쪽에 빵을 덮지 않은 호밀빵 샌드위치를 먹고 있는데, 대부분은 독이 있을 것 같은 빛깔을 가진 혼종 당근인

라모나를 맨 위에 얹었다. 그들이 마시는 건 풀리무트[10]
다. 요즘 아무나 살 수 있는 술이라고는 그것뿐이다. 분
위기는 이미 상당히 고조돼 있어서 모두가 한꺼번에
말을 하고 있다. 나는 리세에게 인사를 한다. 성모 마리
아 같은 얼굴을 한 그는 마르고 예쁜 여자다. 리세는 나
를 반갑게 맞아 준다. 그런 다음 그들은 자신들이 만든,
알아듣기 힘든 방식으로 거기 있는 모든 사람을 언급
하는 노래 한 곡을 부른다. 올레가 일어서서 연설을 한
다. 그의 얼굴은 밋밋하고 거무스름하고 몹시 큰데, 코
옆에서부터 입술까지 깊은 주름이 두 줄 패여 있어서
나이보다 훨씬 더 들어 보인다. 바지가 너무 큰지, 허
리춤을 수시로 끌어올리는 그는 나디아나 나처럼 옷을
차려입지 않았다. 그는 집에 작가님을 초대하게 되어
영광이라고 말하고, 에베가 열이 섭씨 39도까지 올라가
는 바람에 집에서 어머니와 함께 쉬고 있어서 유감이
라고도 한다. 에베는 막 독감에 걸린 모양이다. 연설이
끝나자 식탁이 방 한쪽으로 치워진다. 나디아와 리세가
접시들을 내가고, 축음기가 켜지고, 우리는 춤을 추기
시작한다. 나는 올레와 함께 춤을 춘다. 그는 내 쪽으로

---

10  품질이 낮고 값이 저렴한 과일 와인

몸을 굽히고 바지를 끌어올리더니 수줍게 웃는다. 그러더니 가서 에베를 데려오겠다고 말한다. 올레는 에베가 길 건너에 산다고, 그가 나를 만나기를 기대해 왔다고, 열이 좀 있다고 해서 문제가 되진 않을 거라고 한다. 설명을 마친 그는 또 다른 남자 한 명과 함께 에베를 데려오려고 밤 속으로 걸어 나간다. 분위기는 제법 풀어져 있고, 모두가 약간씩 술에 취해 있다. 리세가 건너오더니 내게 아기를 보고 싶으냐고 묻고, 우리는 아기 방으로 들어간다. 6개월 된 남자 아기다. 리세가 아기에게 젖을 먹이기 시작하자 날카로운 질투가 내 몸을 찌른다. 리세는 나보다 나이도 많지 않은데, 나는 그런 아기도 없이 시간을 낭비하고 있는 것만 같다. 이 조그만 남자 아기의 뒷목 머리선 바로 아래쪽에는 거무스름하게 아주 살짝 옴폭 들어간 곳이 있다. 아기가 젖을 먹을 때면 그곳에서 리드미컬하게 맥이 뛴다. 그때 갑자기 문이 열리더니 올레가 들어와 선다. 그는 자신의 검은 곱슬머리를 잡아당기며 말한다. "에베가 왔어요. 토베, 인사하지 않을래요?" 나는 올레와 함께 거실로 돌아간다. 그곳은 엄청나게 시끄럽다. 레코드 커버 한 장이 상들리에에 매달려 있고, 갖가지 빛깔의 색 테이프가 가구들 사이에, 또 춤추고 있는 사람들의 어깨와 머리칼에 매달려 있다. 그 한가운데에 젊은 남자가 서 있다. 줄무늬 파자마 위에 푸른 로브를 걸치고, 목에는 엄청나게 긴 목도리를 여러 번 칭칭 감은 채다. "여기는 에베예요." 올레가 자랑스럽게 말하고, 나는 열이 나서 땀에 젖은 에베의 손을 잡고 악수를 한다. 그의 이목구비는 섬세하고, 얼굴은 핼쑥하고 다정하다. 이 사람이 이들 패거리의 리더라는 느낌이 강하게 든다. "랜턴 클럽에 오신 걸 환영합니다." 그가 말한다. "바라건대–"라고 말을 잇던 그는 무력한 표정으로 주위를 둘러보더니 하려던 말을 잊어버린다. 올레가 그의 등을 툭 친다. "토베랑 춤추고 싶지 않아?" 그가 묻는다. 에베는 눈꼬리가 치켜 올라간 두 눈으로 나를 잠깐 바라본다. 그러더니 손바닥을 내밀며 독일어로 조용히 말한다. "사람이 그대를 탐해서는 안 되리라, 오 별들이여."[11] "브라보." 올레가 소리친다. "그걸 소리 내 말할 생각을 할 수 있는 사람은 세상에 너밖에 없을 거야." 어쨌거나 에베는 나와 함께 춤을 춘다. 그의 뜨거운 뺨이 내 뺨에 닿고, 우리의 스텝은 조금 비틀거린다. 그때 갑자기 다른 사람들이 그의 주위에 모여들더니 그에게 잔을 건네고, 로브를 잡아당기고, 몸은 좀 어떠냐고 묻는다. 또 다른

---

11   괴테의 시 「눈물의 위안」의 한 구절을 변형한 것이다.

남자가 나와 춤을 추고, 에베는 잠깐 동안 내 시야에서 사라진다. 축음기가 쿵쿵 울린다. 올레는 구석에 앉아 집에서 만든 스피커에 한쪽 귀를 대고 BBC 방송을 듣고 있다. 이제 모두가 술에 취했고, 그들 중 대다수는 상태가 안 좋다. 나디아가 그들을 한 명씩 붙잡아 화장실로 데려가서는 토하는 동안 머리를 붙잡아 준다. "나디아는 저렇게 해 주는 걸 좋아해요." 리세가 웃으며 말한다. 리세는 어릿광대의 애인 복장을 하고 있는데, 옷에 잔뜩 달린 주름 밑으로 커다랗고 풍만한 가슴이 보인다. 아이에게 젖을 먹이면 가슴이 커진다는 게 사실인지 궁금하다. 나는 다시 에베와 함께 춤을 춘다. 그는 결국 별들을 탐하는 사람이었다. 다른 방에 가서 좀 쉬자고 내게 제안했으니까. 우리는 침대에 눕고, 그는 그 모임에서는 다들 그냥 이렇게 한다는 듯이 어떤 사전 작업도 없이 나를 품에 안는다. 태어나서 처음으로 행복감이, 사랑받는 기분이 느껴진다. 나는 그의 목에서 컬을 이루는 풍성한 갈색 머리칼을 쓰다듬고는 묘하게 치켜 올라간 그의 두 눈을 들여다본다. 그 푸른 눈동자 속에는 갈색 점들이 박혀 있다. 그건 그의 어머니 눈이 갈색이기 때문이고, 그런 종류의 사실은 늘 어떻게든 드러나기 마련이라고 그는 말한다. 그는 내 하숙집에 찾아가도 되느냐고 묻고, 나는 그래도 된다고 대답한다. 그는 바닥으로 손을 뻗어 아까 가지고 들어온 술병을 찾는다. 우리는 그 술을 한 잔씩 마시고 잠든다. 아침 일찍 깨어난 나는 내가 어디 있는 건지 기억해 내지 못한다. 에베는 아직 자고 있다. 짧게 말려 올라간 그의 속눈썹이 베갯잇을 가볍게 스친다. 갑자기, 맞은편 벽에 붙어 있는 어린이 침대에서 자고 있는 또 다른 커플이 눈에 들어온다. 서로를 끌어안은 채 자고 있는 그들은 내가 전날 밤에 본 기억이 없는 사람들이다. 바닥에는 뒤죽박죽이 된 정장 한 무더기가 놓여 있다. 나는 조심스럽게 일어나 거실로 나간다. 그곳은 전쟁터 같다. 나디아는 벌써부터 구석의 토사물을 닦으며 청소를 하고 있다. 대단한 기운이다. "그 빌어먹을 풀리무트." 나디아가 중얼거린다. "견뎌 낼 수가 없는 술이라니까요. 그 사람 괜찮지 않나요? 에베 말이에요. 피에트 그 짜증나는 인간하고는 완전히 다르죠?" 아기 방에서는 리세가 앉아 젖을 먹이고 있다. "에베 그 사람 조심해요." 리세가 나를 올려다보며 미소 짓는다. "여자 울리는 데 선수거든요."

나는 내 트렌치코트를 걸치고, 빨간 목도리를 목에 두르고, 에베에게 작별 인사를 하려고 걸어 들어간다. "오 맙소사, 머리 깨지겠네." 그가 신음한다. "이 독감에서 해방되는 대로 당신을 보러 갈게요. 혹시 저한테 살짝 빠지셨나요?" 나는 그렇다고 대답하고, 그는 데려다 주지 못해서 미안하다고 한다. 보아하니 그는 열 때문에 얼굴까지 빨개져 있다. 나는 전혀 문제될 게 없다고 말하고는 자전거를 타고 혼자 집에 돌아온다. 아직 완전히 날이 밝지 않았다. 새들은 지금이 봄인 것처럼 지저귀고, 나는 행복한 심정으로 대학생이 나와 사랑에 빠져 있다는 생각에 잠긴다. 그 사랑이 평생 동안 지속될 것 같다는 기묘한 느낌이 든다.

독감이 낫자 에베는 매일 저녁 나를 찾아오기 시작하고, 나는 그를 놓치기 싫어서 클럽 모임을 소홀히 한다. 그는 자고 가는 법은 없다. 자기 어머니를 무서워하기 때문이다. 그의 어머니는 대학 학장이었던 남편과 사별한 사람이다. 에베는 집에 같이 사는 형도 한 명 있다고 한다. 그 형은 스물여덟 살이나 되었는데도 이사를 나갈 엄두를 내지 못하고 있다. 에베는 집에 돌아갈 때 긴 목도리를 코까지 올라오게 친친 감는다. 이번 겨울은 지독하게 춥다. 그가 내게 작별 키스를 하자 내 입에는 양털이 들어간다.

나는 리세와 올레를 꽤 자주 찾아가기 시작하고, 에베의 어머니도 방문한다. 몸집이 작고 나이가 많은 에베의 어머니는 모든 게 골칫거리라는 듯 말을 한다. "남편이 죽고 없으니 이제 나한텐 아들 둘밖에 없어."

떨리는 검은 눈동자로 나를 바라보는 그는 내가 자기 아들 중 한 명을 빼앗아 갈까 봐 두려운 눈치다. 에베의 형은 이름이 카르스텐이다. 엔지니어가 되려고 공부 중인 그는 어머니에게 이사를 나가고 싶다고 말할 방법을 늘 고민하고 있지만 용기를 내지 못한다. 루터파교회 목사의 딸이라는 에베의 어머니는 내게 하나님을 믿느냐고 묻는다. 내가 아니라고 대답하자 그는 나를 슬프게 쳐다보며 말한다. "에베도 안 믿어. 너희들 둘 다 개심해서 주님을 향해 나아가면 좋겠구나." 어머니가 이런 말을 할 때면 에베는 당혹스러워 보인다.

에베는 나와 잠자리에 들 때 피임 도구를 쓰지 않는다. 아기를 낳고 싶고, 낳으면 내가 돌볼 거라고 나는 그에게 말해 두었다. 나는 달력에 매달 빨간색으로 X자 표시를 하지만, 시간이 지나도 아무 일도 생기지 않는다. 그러던 어느 날 내 장편 소설이 출간되고, 그 다음 날 아침이 되자 집주인 여자가 「폴리티켄」을 들고 뛰어들어온다. "오늘 신문에 당신이 나왔어요." 여자는 숨을 헐떡인다. "뭔가 책에 관련된 기사던데요. 읽어 봐요." 신문을 펼쳐든 나는 내 눈을 믿을 수가 없다. 지면의 가장 중요한 위치에, 「하루하루」 칼럼 옆에, 프레데리크 쉬베르[12]의 리뷰가 두 단에 걸쳐 실려 있다. '세련된 천진난만함'이라는 제목이다. 그 리뷰에는 애정이 넘쳐흘러서 나는 아찔할 정도로 기쁘다. 얼마 지나지 않아 모르텐에게서 전보 한 장이 도착한다. 거기에는 '쉬베르와 진정한 천재에게 경의를'이라고 적혀 있다. 모르텐은 그날 조금 더 있다가 직접 나를 찾아와 함께 커피를 마신다. 그는 클럽에서 루머가 돌고 있다고 말한다. 내가 비고 F.를 잠깐 동안 이용하고는 내 앞가림을 할 수 있게 되니 그를 차 버렸다는 이야기다. 나는 모르텐에게 그런 말이 왜 나온 건지는 알겠는데 그게 진실의 전부는 아니라서 그런 말을 들으면 기분이 나쁘다고 말해 준다. 다음날 「폴리티켄」에는 나에 관한 그루크 한 편이 실린다. 그 시는 다음과 같다.

> 나는 이런저런 아무 토베에게나
> 시인의 모자를 흔들며 환호하지는 않지만
> 완전히 마음을 빼앗겨 버렸어
> 이견의 여지가 없는 데뷔작,
>
> 앞으로의 가능성이 너무나 대단해서
> 한 아이가 상처를 입었을까 봐 두려워

---

12  1905~1950. 덴마크의 작가이자 문학·연극 평론가

분명 그는 여전히 자신의 '아기 고양이'를 떠올리고 있다. 하지만 그는 맨션이 있다는 그 여자와 결혼했고, 더 이상 클럽에 오지 않는다.

그러나 갑자기 그 모든 것들이 내게 중요하지 않아진다. 생리가 며칠 늦어지고 있어서다. 내가 그 이야기를 리세에게 하자, 리세는 내게 소변 견본을 가지고 의사에게 가서 검사를 받아 보라고 한다. 의사는 결과가 나오는 대로 전화를 주겠다고 약속하고, 이후 며칠 동안 나는 전화기 옆을 떠나지 못한다. 마침내 전화한 의사는 너무나 아무렇지 않은 목소리로 내게 말한다. '검사 결과, 양성입니다.' 나는 아이를 낳게 될 것이다. 그 사실이 믿어지지 않는다. 내 몸속의 아주 조그만 점액 덩어리가 날마다 자라나고 커질 것이다. 내가 어렸을 때 라푼젤이 그랬듯 내가 뚱뚱해지고 볼품없어질 때까지. 하지만 에베는 나만큼 기뻐하지는 않는다. "우리 결혼을 해야겠네요. 내가 우리 어머니한테 말씀드리는 게 낫겠어요." 그가 말한다. 내가 그에게 우리가 결혼하는 게 어딘가 마음에 안 드느냐고 묻자, 그는 이렇게 대답한다. "아뇨, 그냥 우리가 너무 젊고 지낼 곳이 없으니까 그렇죠." 자신이 고려해야 할 그 모든 일들을 떠올리는 그의 두 눈에 감당하기 힘들어 하는 표정이 어리고, 나는 그의 섬세하고 근사한 입술에 키스한다.

내 안에는 우리 세 사람 분량의 힘이 충분하다고 느껴진다. 그러다가 나는 아직 내가 이혼조차 하지 않았다는 걸 깨닫고, 비고 F.에게 내가 임신을 했으니 이혼해 달라고 부탁하는 편지 한 통을 정성 들여 쓴다. 기분이 상한 비고 F.는 이렇게 답장을 쓴다. '할 말은 하나밖에 없군요. 기가 막혀서! 변호사한테 가서 진행해요. 빠르면 빠를수록 좋으니까.' 내가 그 편지를 보여 주자 에베는 말한다. "이 사람 정말 웃기네요. 대체 뭘 보고 이 사람을 만났던 거예요?"

그다음 몇 주 동안 에베는 나를 찾아올 때면 종종 술에 취해 있다. 목도리를 푸는 그의 팔은 잘 움직여지지 않고, 뭐라 말하려 할 때면 그의 혀는 의미 없는 소리를 지껄인다. "난 쓸모없는 놈이에요. 당신한테는 더 나은 사람이 어울려요. 아직 우리 어머니한테는 말씀 못 드렸어요." 마침내 그는 마음을 다잡고 어머니에게 말씀드린다. 그의 어머니는 마치 재앙이라도 만난 것처럼 울면서 이제 자신은 살아갈 이유가 아무것도 없다고 말한다. 리세는 에베가 눈물이나 잔소리를 못 견딘다고 알려 준다. 그러고는 에베가 좋은 사람이지만 약하기도 하다고, 우리 결혼에서 주도권을 잡아야 할 사람은 나라고 말해 준다. 나는 아무런 반응도 하지 않지만, 그런 말을 들으니 기분이 좋지는 않다. 게다가 나는 입덧이 시작되면서 아침마다 토한다. 나를 찾아온 나디아는 훨씬 더 직설적으로 표현한다. "에베는 술고래예요. 그리고 아무것도 안 하죠. 어마어마하게 귀여운 남자긴 한데, 당신이 그 사람을 먹여 살리게 될 것 같아 걱정이 되네요."

# 6

언제나 함께 있고 싶었던 우리는 내 이혼 절차가 마무리
될 때까지 에베 어머니의 집에 있는 방 한 칸으로 들어
가 지낸다. 에베는 아침이면 국립 가격 책정 자문 위원
회[13]에 가서 시간을 보내는데, 그곳에서는 많은 학생들
이 시간을 죽이면서 약간의 용돈을 벌어 간다. 거기서
그는 빅토르라는, 경제학을 공부하는 또 다른 학생과

---

13  특히 물자가 부족한 시기에는 국가가 물품 보급을 조절하는데,
    그 방법 중 하나는 주요 물품의 가격을 국가가 직접 지정하는
    것이었다.

함께 앉는다. 에베에게는 하늘의 별들만큼이나 친구가 많아서 나는 절대 그들을 전부 만나보지 못할 것이다. 아침에 일터에 도착하면 그와 빅토르는 찬송가가 담긴 팸플릿을 보며 그날의 찬송을 부르고 나서 그 팸플릿을 담배 마는 데 쓴다. 담배는 구하기가 아주 어렵기 때문에 그들은 가끔 차 대용품[14]을 넣어 담배를 만다. 그러는 동안 나는 다음 장편 소설을 쓰고 있다. 최근에는 『작은 세계』라는 제목으로 시집 원고를 넘기기도 했다. 그 제목은 에베가 생각해 낸 것이다. 그는 내 작업에 제법 관심이 많다. 에베는 문학으로 학위를 받고 싶어 했지만, 2년 전에 세상을 떠난 그의 아버지는 문학이 무지렁이들이나 품는 환상이라고 했다. 그렇게 해서 그는 지금 조금도 관심이 없는 경제학을 공부하고 있다. 하지만 그는 문학을 정말 좋아하고, 우리가 이야기를 나누지 않을 때면 언제나 소설을 읽는다. 그는 내가 존재조차 몰랐던 책들을 소개해 준다. 그러고는 날마다 오후에 일을 마치고 돌아올 때면 내가 무엇을 썼는지 읽어보고 싶어 한다. 내 소설을 비평할 때면 그는 언제나

---

14   전시 등 물자가 부족할 때는 기존 물자를 대체한 대용품들이
     많이 나왔다. 차 역시 그중 하나로, 말린 곡식과 야생 풀잎
     등으로 만든 대용품이 보급되었다.

알찬 조언을 해 주고, 나는 그 조언을 따른다. 나는 요즘은 가족들을 별로 만나지 않는다. 오빠는 세 살짜리 아이가 있는 이혼한 여자의 집에 들어가 함께 살고 있다. 에베와 내가 그들을 찾아가기도 했지만, 오빠와 에베는 공통점이 별로 없다. 에베는 교외 출신의 상류층 청년이고, 에드빈은 코펜하겐에서 일하는 도장공 조수에다, 다른 선택지가 없어서 매일 이미 망가진 폐로 셀룰로오스 래커를 들이마시는 사람이다. 우리 부모님의 세계 역시 에베의 세계와는 몹시 거리가 멀다. 에베는 우리 아버지하고는 책 이야기를 하지만, 비고 F.가 그랬던 것처럼 우리 어머니하고는 나에 대한 이야기를 한다. 하지만 우리 부모님을 대하는 에베의 태도에 생색을 내는 듯한 구석은 전혀 없다. 어느 날, 에베와 나는 그의 어머니와 카르스텐과 함께 저녁을 먹고 나서 우리 방 침대에 눕는다. 그러고는 미래에 대해, 태어날 우리의 아기에 대해, 인생에 대해, 그리고 서로를 알기 전의 과거에 대해 이야기를 나눈다. 에베는 명확한 답이 없는 질문들을 사랑한다. 예를 들자면 그는 흑인들의 피부가 왜 검은지, 유대인들의 코는 왜 매부리코인지 같은 질문에 관한 자신만의 가설을 세워 놓았다. 한번은 그가 한쪽 팔로 머리를 괸 채 옆으로 누워서는, 매우 도덕적인 고뇌를 담은 듯한 표정으로 나를 빤히 쳐다본 적이 있다. "나 지하 저항 조직에 합류할까 생각하고 있어요." 그는 엄숙하게 말했다. "프랑스가 함락된 뒤로 상황이 별로 좋아 보이지 않아요." 그때 나는 그런 일은 신경 써야 할 아내와 아이가 없는 사람들에게 맡기면 되지 않느냐고 대답했다. 이제 그는 그 생각은 잊어버리기로 한 것 같다. 요즘 나는 기분이 좋다. 결혼을 할 것이고, 아이를 낳을 것이고, 젊은 남자와 사랑에 빠졌고, 곧 우리만의 집을 갖게 될 테니까. 나는 에베에게 절대 그를 떠나지 않겠다고 약속하고, 요즘처럼 인생이 너무 복잡해질 때는 참기가 힘들다고 털어놓는다. 그는 내 턱을 들어 올려 키스하고는 이렇게 속삭인다. "어쩌면 당신이 복잡한 사람이라서 당신 인생도 복잡해지는 건지도요."

마침내 이혼이 성립되고, 우리는 타르티니스바이에 있는 아파트 한 칸을 빌린다. 그곳은 리세와 올레네 집, 그리고 에베 어머니의 집과 가깝다. 기다란 엔헤우바이 길 끝에는 남쪽 항구가 마치 손가락 끝에 달린 손톱처럼 자리해 있다. 이 구역의 모든 길에는 작곡가의 이름이 붙어 있어서 '음악의 거리'라고 불리기도 한다. 이곳의 아파트들은 그다지 높지 않고, 대부분의 건물 앞에는 잔디와 나무들이 있는 작은 마당이 딸려 있다. 마지막 도로와 탁 트인 지대 사이에는 쓰레기 매립지가 펼쳐져 있다. 바람이 제대로 불면 그곳의 악취가 아파트로 실려 와서 창문을 계속 열어 놓을 수가 없다. 리세와 올레가 사는 집 맞은편의 바그네르바이에는 1년 내내 사람들이 머무르는 오두막집이 여러 채 있다. 그 오두막집에 사는 아주머니 한 명이 리세의 집에서 청소 일을 한다. 리세는 토요일마다 그 아주머니의 다섯 아이를 욕실로 데리고 올라가 비누칠을 하고 문질러서 깨끗하게 씻기고, 집 안에는 오랫동안 그 애들의 울음소리가 이어진다. 리세는 그런 일들을 할 때면 깊이 고민하지 않고 해 버리는데, 그런 면이 나디아를 떠오르게 한다. 나디아는 공산주의자인 어느 선원의 집에 들어가 함께 살고 있다. 피에트를 만나던 옛날에는 제법 보수적이었던 그는 이제 공산주의자로서의 견해를 끊임없이 떠들어 댄다고 한다. 이제 더 이상 저녁때 외출하지 않는 나는 에베에게서 그 이야기를 전해 듣는다. 임신을 한 뒤로는 8시만 되어도 너무 피곤해진다.

방 하나 반짜리 우리 아파트의 작은방은 풀사이즈 침대가 거의 다 차지한다. 그 침대는 에베의 어머니에게서 받은 것이다. 큰방에는 에베 아버지의 책상과 함께 중고로 산 식탁과 리세에게서 얻은 의자 네 개를 놓았고, 한쪽 벽을 따라 긴 쿠션 의자도 놓아두었다. 긴 쿠션 의자 위에는 갈색 담요를 깔았는데, 갑자기 영감이 떠오른 에베가 또 다른 갈색 담요 한 장을 그 뒤쪽 벽에 건다. 에베는 리세에게서 빨간색 펠트 한 장을 얻어 그것을 하트 모양으로 오린다. 벽에 걸린 담요 위에 그 하트를 풀로 붙인 그는 뒤로 물러나서 넋을 잃고 자신의 작품을 바라본다. "우리 집에서는 술 마시는 파티는 절대 열지 않을 거예요." 그는 그렇게 말한다. 우리는 그의 어머니를 생각해서 결혼할 때까지 우리 아파트에 들어가지 않기로 한다. 그렇지 않으면 그의 어머니는 우리가 너무 대놓고 부도덕하다고 생각할 테니까.

8월 초의 어느 날, 우리는 결혼을 하기 위해 서로의 한손을 맞잡은 채 자전거를 타고 시청으로 간다. 너무 일찍 도착하는 바람에 프라스카티 식당으로 걸어가 커피를 마신다. 커피를 마시는 동안 나는 거기 앉아 에베의 얼굴을 자세히 들여다본다. 그 얼굴 어딘가에는 부드럽고 세상 물정 모르며 무방비한 구석이 있는 것 같아, 나는 그를 보호해 주고 싶어진다. 문득, 나는 이렇게 말한다. "당신 윗입술, 정말 튀어나왔네요." 그 말에 나쁜 뜻은 전혀 없었지만, 그는 잡아먹을 듯이 나를 쳐다본다. "당신 입술보다 조금도 더 튀어나오지 않았는데요." 그러자 나는 기분이 상해서 대꾸한다. "내 입술이 어디가 튀어나왔다는 거예요. 당신 입술은 거의 얼굴 전체를 다 가릴 정돈데." 그의 얼굴이 분노로 빨개진다. "내 외모 가지고 이러쿵저러쿵하지 말아요." 그가 말한다. "학교 다닐 때는 여자애들이 제법 좋아했다고요. 리세도, 내가 리세한테 관심이 없었기 때문에 그냥 올레하고 결혼한 거고." 이제는 내가 짜증이 난다. "진짜 자신감이 대단하네요." 그러면서 나는 속으로 놀란다. '우리 지금 싸우고 있네. 전에는 한 번도 이런 적이 없었는데.' 에베가 종업원을 불러 조용히 계산을 한다. 그의 검은색 재킷은 소매가 너무 길다. 이 결혼식 예복은 그가 자기 형에게서 빌린 것이다. 랜턴 클럽 사람들이 추레한 옷을 입는 건 가난해서가 아니다. 그들은 옷을 차려입는 일을 우스꽝스러운 일로 간주한다. 에베는 재킷과 마찬가지로 너무 크고 빳빳한 칼라를 집게손가락으로 매만지더니 아무 말도 하지 않고 성큼성큼 앞서 나가며 시청 쪽으로 되돌아가기 시작한다. 그러더니 멈춰 서서 고개를 홱 젖히며 머리칼을 뒤로 넘긴다. "내 윗입술이 어쩌고 한 말 취소 안 하면 당신하고 결혼 안 할 거예요." 그 말을 들은 나는 웃기 시작한다. "그러지 말아요." 내가 말한다. "너무 유치하잖아요. 지금 누구 윗입술이 더 튀어나왔나 하는 것 때문에 진짜로 적이 되자는 거예요? 그럼, 내 입술이 더 튀어나왔을 수도 있겠네요." 나는 내 윗입술을 잡아내려 아랫입술을 덮고는, 나 자신도 그 모습을 볼 수 있도록 내 눈을 튀어

나오게 해 보려고 애를 쓴다. "거의 1킬로미터는 튀어나온 것 같네요." 내가 말한다. "이리 와요, 우리 결혼할 거잖아요."

그렇게 우리는 결혼한다. 우리는 아파트로 이사하고, 마침 내가 돈을 제법 벌기 시작하면서 청소를 해 줄 아주머니도 고용한다. 아주머니의 이름은 한센 부인이다. 부인이 일자리 면접을 보러 왔을 때 에베는 단호한 말투로 이렇게 묻는다. "혹시 당근 껍질 벗길 줄 아세요?" 부인은 아는 것 같다고 대답한다. 그러자 에베는 이제 구할 수 없는 식재료가 너무 많아진 상황을 고려하면 당근은 건강에 무척 좋은 채소라고 설명한다. 그때부터 부인은 우리 집에 당근이 하나도 없다는 사실을 언제나 재미있어 하고 있다. 독주가 시작되기 전에 조용히 울리는 드럼 롤 같은 하루하루가 지나간다. 나는 임신과 어머니 되기, 그리고 아기 돌보기에 관한 책들을 읽으며 왜 에베는 이 모든 것에 나만큼 관심이 없는지 이해할 수 없어 한다. 그는 자기가 아버지가 된다는 사실을 거의 믿을 수가 없다고 한다. 그는 신문에 실린 내 이름을 볼 때도 믿을 수 없어 한다. 그는 자기가 유명한 사람과 결혼했다는 사실을 잘 이해하지 못하고, 자기가 그 점을 좋아하는지 아닌지조차 알지 못한다. 저녁이면 에베는 자리에 앉아 손가락에 머리카락을 휘감으며 방정식을 푼다. 방정식의 답이 나오는 순간을 몹시 좋아하는 그는 아마도 자기는 수학자가 되었어야 했던 것 같다고 말한다. 나는 예전에 게르트 이외르겐센 박사가 내게 했던 말을, 어떤 정상적인 남자도 나를 매력적이라고 생각하지는 않을 거라는 말을 에베에게 들려준다. 에베가 묻는다. "그래서, 누가 정상적인데요?" 그러면서 그는 수첩인지 담배쌈지인지 열쇠 뭉치인지를 찾으려고 이 주머니 저 주머니를 탁탁 두드린다. 그는 방심하고 있을 때가 많고 늘 물건들을 잃어버린다. 그는 걸을 때 두 눈을 똑바로 목적지에 고정한 채 턱을 들려고 노력하는 것처럼 고개를 뒤로 젖히는데, 덕분에 길 위의 무언가에 발이 걸려 넘어지는 일이 잦다. 그는 종종 올레와 리세네 집에서 하는 파티에 갔다가 한밤중에 술에 취해 돌아와서는 나를 깨운다. 요즘 들어 정말로 잠이 절실해진 나는 화가 나서 그를 옆으로 밀쳐 낸다. 다음날이 되면 그는 늘 사과한다. 가끔씩 나는 어머니를 찾아가거나, 어머니가 나를 찾아오거나 한다. 나는 어머니와 출산에 관한 이야기를 나누고, 어머니는 에드빈과 내가 엄청난 비누 거품 속에서 태어났다고, 그건 당신이 우리를 억지로 나오게 하려고 소나무 기름 비누를 먹었기 때문이라고 한다. "난 애들을 좋아한 적이 없었어." 어머니는 그렇게 말한다.

날들이 지나가고, 몇 주가, 몇 달이 흘러간다. 나는 하우세르 광장에 있는 오고르 박사의 개인 병원에서 아기를 낳을 예정이라 그에게 검진을 받는다. 나이가 많고 친절한 남자인 그는 출산에 관한 내 많은 걱정을 덜어 준다. 나는 진통 간격이 5분이 되면 그때 다시 오라는 말을 듣는다. 하지만 예정일은 지나가고, 아무 일도 생기지 않는다. 나는 얼마 전에 산 물개 가죽 코트의 단추들이 모피 가장자리 맨 끝에 달랑달랑 매달리게 될 때까지 점점 바깥쪽으로 옮겨 다는 일을 계속해야 한다. 내 손이 구두에 닿지 않아서 구두끈은 에베가 대신 매 주어야 한다. 나만큼 뚱뚱한 임산부는 본 적이 없는 것 같다. 나는 머릿속에 물이 찬 거대한 아이를 낳을까 봐 두려워한다. 그런 이야기를 어디에선가 읽었다. 종종 나는 리세에게서 그의 어린 아들 킴을 빌려 그 애를 데리고 산책을 간다. 이 귀여운 아이는 퍽 잘 웃고, 나는 니스 페테르센[15]의 시를 떠올린다. '나는 어린 아이들의 미소를 모은다네.' 이 나날들의 와중에 「소시알 데모크라텐」지의 카를 비아른호프가 나를 인터뷰한다. 기사가 나왔을 때 나는 제목을 보고 충격을 받는다.

---

15　1897~1943. 덴마크의 시인이자 소설가

'나는 돈과 권력과 명성을 원해요.' 내가 정말 저런 말을 했던가? 그 기사는 전반적으로 나에 대한 비호감을 전달한다. 나는 허영심과 야망이 강하고 오직 자신밖에 모르는 천박한 사람으로 묘사되어 있다. 기자들은 다른 때에는 언제나 나를 친절하게 대해 주었던 터라, 나는 내가 카를 비아른호프에게 뭘 어떻게 했어야 했는지 궁금해한다. 그러다 그 사람이 비고 F.의 친구 중 한 명이라는 사실을 기억해 낸다. 아마도 그는 내가 비고 F.를 떠나서 화가 난 모양이다.

　　올겨울은 몹시 춥고, 거리는 얼음 층으로 덮여 있다. 진통이 시작되기를 기다리면서 초조해진 나는 진통이 오게 하려고 해가 진 뒤에 에베와 팔짱을 끼고 숨을 헐떡이며 집 주위를 달린다. 코트 단추들이 떨어져 튕겨 나가지만, 여전히 아무 일도 생기지 않는다. 그러던 어느 날 아침에 마침내 배가 아파 오고, 나는 이게 진통일 수 있냐고 한센 부인에게 물어본다. 부인은 아마 그럴 거라고 한다. 그날 시간이 지날수록 복통은 더욱 심해진다. 진통이 찾아오자 에베가 내 손을 잡는다. 그날 저녁 우리는 병원에 가고, 에베는 슬프고 어쩔 줄 몰라 하는 표정으로 내게 작별 인사를 한다.

***

나는 꽁꽁 싸인 채 내 팔에 안긴 조그만 아기를 내려다보곤 깜짝 놀란다. "너무 못생겼잖아." 서양배처럼 생긴 내 딸의 얼굴 양쪽 관자놀이에는 겸자 자국이 두 개 진하게 나 있다. 딸의 머리에는 머리카락이 한 올도 없다. 의사가 웃는다. "신생아를 전에 본 적이 없으셔서 그래요." 그가 말한다. "신생아들이 절대 귀엽지는 않은데, 그래도 어머니들은 대체로 귀엽다고 생각하시죠. 이제 남편분을 불러 드릴게요." 한 손에 장미 꽃다발을 든 에베가 들어온다. 그는 꽃을 어색하게 들고 있고, 나는 그가 여태껏 내게 선물을 준 적이 한 번도 없었음을 깨닫는다. 그는 내 곁에 앉아서 병원 사람들이 아기를 눕혀 놓은 요람을 들여다본다. "아주 토실토실하네." 그의 말을 들은 나는 기분이 상해 투덜거린다. "할 말이 그게 다예요? 스물네 시간이나 걸려서 낳으면서, 난 아이는 다시는 안 낳겠다고 맹세했는데. 난 아파서 소리를 치고 비명을 질렀는데, 당신이 할 말이라곤 애가 토실토실하다는 것밖에 없어요?" 에베는 부끄러워하는 표정을 짓지만, 아이가 자라면 아마 더 예뻐질 거라고 말해서 상황을 더욱 악화시킨다. 그러더니 내게 언제 집에 오느냐고, 보고 싶다고 말한다. 나는 요람 위로 몸을 굽히고 조그만 손가락들을 만지며 말한다. "이제 우리는 아버지고, 어머니고, 아이고, 그렇네요. 정상적인 보통 가족이 됐어요." 그러자 에베가 묻는다. "왜 정상적인 보통 사람이 되고 싶어 해요? 당신이 그런 사람이 아니라는 건 누구나 다 아는데." 그에게 뭐라고 대답해야 할지는 모르겠지만, 보통 사람이 되는 건 내가 기억하는 한 아주 오래 전부터 내가 원해 왔던 일이다.

# 7

끔찍한 일이 일어났다. 헬레가 태어난 뒤로 나는 에베와 자고 싶다는 욕망을 완전히 잃어버렸고, 그럼에도 굳이 그걸 할 때는 어떤 느낌도 받지 못한다. 오고르 박사에게 그 이야기를 하니 그는 드문 일이 아니라고 한다. 나는 그저 모유 수유와 육아를 하느라, 그러면서 미친 여자처럼 일하느라 너무 지쳐서 에베를 위해 남겨놓을 뭔가가 없다는 것이다. 하지만 에베는 그게 자기 탓이라고 생각하면서 불행해한다. 그는 올레와 이 문제에 대해 이야기를 나누고, 올레는 그에게 판 데 펠데[16]의 『이상적인 결혼』을 사라고 조언해 준다. 에베는 그

책을 사서 얼굴을 붉히며 읽는다. 그 책은 현대판 포르노의 경전이라 할 만한 책이다. 에베는 갖가지 체위에 관해 읽고, 우리는 매일 밤 새로운 체위를 시도해 본다. 하지만 곡예를 시도한 우리의 몸이 아침마다 뻐근해질 뿐, 그 책은 손톱만큼도 도움이 되지 않는다. 나는 리세에게 이 이야기를 털어놓는다. 그러자 리세는, 자기는 킴을 낳기 전에는 섹스에서 얻은 게 아무것도 없었다고 은밀하게 고백한다. 리세는 성모 마리아를 닮은 다정한 두 눈으로 나를 유심히 바라보며 묻는다. "애인을 한 명 둬 보면 어때요? 가끔씩 둘 중 한 명한테 다른 사람이 생기면 두 사람 사이가 끈끈해지는 데 도움이 되거든요." 리세 자신도 애인이 있다. 변호사 애인. 그는 경찰서에서 일하는데, 리세는 올레에게는 초과근무를 한다고 말하고는 매일 그 남자와 몇 시간씩 함께 돌아다닌다. 올레는 그 사실을 알지만 또한 모른다. 올레는 전에 다른 여자를 임신시킨 적이 있었다. 그 아이가 태어나기 전에, 리세는 그 아이를 입양하는 일을 진지하게 고려했었다. 훗날 그 아기는 농아로 태어났고, 그래서 리세는 입양을 하지 않았던 걸 다행이라고 생각한

---

16   테오도르 헨드릭 판 데 펠데(1873~1937). 네덜란드의 의사,
     산부인과 전문의

다. 나는 리세에게 애인을 두고 싶지는 않다고, 내 인생
이 또 다시 온통 엉망진창으로 복잡해지면 일을 할 수
없을 것 같다고 말한다. 그러면서 나는 내가 잘하는 유
일한 일이자 진정으로 내 마음을 사로잡는 유일한 일
은 문장들을 만들고 단어들을 조합하는 일, 아니면 간
단한 네 줄짜리 시를 쓰는 일임을 점점 더 절실하게 깨
닫는다. 그 일을 하려면 사람들을 특정한 방식으로 관
찰할 수 있어야 한다. 마치 나중에 어딘가에 쓰기 위해
그들을 서류철에 저장해 두는 것처럼. 그리고 그 일을
해 내려면 나는 특정한 방식으로 책을 읽을 수도 있어
야 한다. 그래야 당장은 아니라도 나중에 쓰기 위해, 내
온몸의 모공을 통해 내게 필요한 모든 것을 흡수할 수
있다. 그게 내가 너무 많은 사람과 소통하면 안 되는 이
유다. 또 나는 너무 자주 외출하거나 술을 마셔서도 안
된다. 그러면 다음날 일을 할 수가 없기 때문이다. 나는
언제나 머릿속으로 문장을 만들어 내고 있어서 에베가
막 내게 말하기 시작할 때는 종종 그에게 주의를 기울
이지 못하고, 그것 때문에 에베는 의기소침해진다. 거
기에 더해 내가 모든 관심을 헬레에게 쏟는 바람에 에
베는 자신이 전에 속해 있던 내 세계 바깥으로 쫓겨나
고 있다고 느낀다. 오후에 집에 돌아오는 그는 여전히
내가 쓴 글을 읽는 걸 좋아하지만, 이제 그의 짧은 조

언들은 내 가장 아픈 곳을 찌르려는 듯 무의미하고 부당한 것으로 변해 버렸다. 어느 날 우리는 말다툼을 시작한다. 내 책 『어린 시절의 거리』에는 수학 방정식 풀기를 좋아하는 물바드 씨라는 인물이 등장하는데, 그걸 본 에베가 몹시 화를 낸 것이다. "그거 나잖아요. 내 친구들이 전부 알아보고 나를 비웃을 거라고요." 그는 내게 그 책에서 물바드 씨를 들어내 달라고 요구한다. 내가 아직 남자들의 특징을 묘사하는 데 능숙하지 않아서 물바드 씨가 좀 이상한 인물이 된 건 사실이다. 그렇다고 그를 삭제하고 싶지는 않다. "난 이해가 안 돼요." 에베가 말한다. "왜 당신은, 이를테면 디킨스가 했던 것처럼 인물들을 창조하지 못하는 거죠? 당신은 실제 삶에서 인물들을 가져오잖아요. 그건 예술이 아니에요." 나는 그에게, 어쨌거나 당신은 내가 쓰는 글을 이해하지 못하니 그걸 읽는 걸 그만 두라고 한다. 그는 무엇보다 불감증에 걸린 작가와 결혼한 게 지긋지긋하다고 말한다. 나는 숨이 거칠어지다가 눈물을 흘리며 무너져 내린다. 옛날 어렸을 때 오빠와 싸웠던 일 이후로 누구와도 싸워 본 적이 없었던 나는 에베와 이렇게 불화가 생기는 걸 견디기 어렵다. 잠에서 깨어난 헬레가 울음을 터뜨려서 나는 아이를 안아 올린다. "그 사람, 방정식 좀 풀면 안 될까요?" 내 말투는 비참하다. "그게 아니면 나는 그런 남자가 자유 시간에 뭘 하려고 할지 모르겠단 말이에요." 에베는 두 팔로 나와 헬레를 동시에 감싸 안는다. "미안해요, 토베. 제발 울지 말아요. 그 사람 방정식 풀어도 돼요. 진심으로 한 말이 아니었어요. 그냥 좀 신경이 쓰여서 그랬을 뿐이에요."

　　그렇게 싸우고 나서 얼마 지나지 않은 어느 날 오후, 에베가 평소 귀가하는 시간에 집에 들어오지 않는다. 그제서야 나는 내가 얼마나 그에게 의존하고 있는지를 깨닫는다. 나는 생산적인 일은 아무것도 할 수 없는 상태로 마루를 왔다 갔다 한다. 에베는 종종 저녁에 외출하지만 항상 먼저 집에 왔다가 다시 나가는 사람이다. 시간이 늦어지자 나는 헬레에게 젖을 먹이고 옷을 입힌 다음 리세를 찾아간다. 막 직장에서 돌아온 리세는 올레도 집에 없다고, 아마 둘이 같이 어딘가 간 것 같다고 말한다. 그런 다음 그들은 아마도 다른 친구들을 만났을 테고 집에 오는 걸 잊어버렸을 것이다. 이런 일이 처음은 아닐 것이다. "너무 틀에 박힌 삶을 살고 있는 거 아니에요?" 리세가 미소를 짓는다. "어쩌면 당신은 항상 봉급 봉투를 든 채로 집에 바로 들어오고 술도 안 마시는 그런 남자랑 결혼해야 했는지도 모르겠네요." 그래서 나는 리세에게 우리가 싸운 이야기며, 결혼 생활이 더 이상 괜찮지 못하다는 이야기를 한다. 에베가 다른 사람을, 작가가 아니고 불감증도 없는 누군가를 찾을까 봐 두렵다는 이야기도 털어놓는다. "하룻밤 정도는 그럴 수 있을지 몰라도, 에베는 당신하고 헬레를 떠나는 건 꿈도 못 꿀 거예요." 리세가 말한다. "그 사람, 당신을 정말 자랑스러워한다고요. 당신 얘기할 때의 모습을 보면 누구나 알 걸요. 그냥, 그 사람 입장에서는 열등감을 느끼지 않기가 몹시 어렵다는 걸 당신이 이해해 줘야 돼요. 당신은 유명하고, 돈도 벌고, 자기 일도 사랑하죠. 에베는 그냥 자기 아내가 거의 먹여 살리는 가난한 학생이에요. 자기한테 맞지도 않는 학위를 따야 해서 공부를 하고 있고, 삶을 감당해 나가려면 술을 마셔야 하는 사람이죠. 하지만 성생활이 다시 시작되면 위안이 될 거예요. 그리고 그건 다시 시작될 거고요. 당신은 그냥 아기를 돌보느라 너무 지친 것뿐이에요." 리세는 킴을 안아 무릎에 올려놓고는 아이와 놀아 주기 시작한다. "올레가 졸업을 하면 난 아동심리학자가 되고 싶어요." 리세가 말한다. "사무실에서 일하는 건 못 견디겠어요." 리세는 다른 사람들의 아이들을 자기 아이처럼 사랑한다. 그는 전반적으로 타인들을 사랑하고, 그의 친구들은 늘 그에게 들러서는 가장 가까운 사람들에게도 하지 못하는 이야기를 털어놓는다. "그 사람, 언제 집에 올까요?" 내가 묻는다. "모르겠네요." 리세가 대답한다. "한번은 올레가 8일 동안 안 들어온 적이 있었는데, 그쯤 되니 불안해지기 시작하더라고요." 킴을 침대에 눕힌 리세는 무릎을 세우고 앉아서 턱을 한쪽 무릎 위에 올려놓는다. 리세는 온몸으로 평화롭고 친밀한 분위기를 발산하고, 기분이 조금 나아진 나는 속을 털어놓는다. "가끔씩 내가 다른 사람들을 상대하는 법을 전혀 모른다는 생각이 들어요. 마치 내가 온 세상을 통틀어 쳐다보고 있는 거라곤 나 자신뿐인 것처럼요." "그건 말도 안 돼요." 리세가 말한다. "당신은 에베를 정말로 사랑하잖아요." "맞아요, 사랑해요. 하지만 올바른 방식으로는 아닌 것 같아요." 내가 말한다. "에베가 목도리 두르는 걸 잊어버려도 난 알려 주지 않아요. 에베한테 맛있는 요리를 해 주려고 일부러 노력을 한다거나, 그 비슷한 어떤 일도 안 해요. 나는 다른 사람들이 나한테 관심이 있는 경우에만 그 사람들을 좋아할 수 있는 것 같아요. 그래서 절대 짝사랑으로 괴로워할 일은 없어요." "그럴 수도 있겠네요." 리세가 말한다. "하지만 에베는 당신한테 관심이 있는 걸요." 내가 물바드 씨와 방정식 이야기를 들려주자 리세는 웃기 시작한다. "에베가 방정식을 풀 줄은 몰랐는데요. 재미있네." "아뇨, 그런 뜻이 아니고요. 난 글을 쓸 때는 다른 어떤 사람에 대해서도 신경을 쓰지 않아요. 그럴 수가 없어요." 내가 말한다. 리세는 예술가들은 자기중심적이어야 하는 거 아니냐면서 그 점에 대해 너무 깊이 생각하지 말라고 한다. 나는 별들조차 밝혀 주지 못하는 칠흑 같은 거리를 걸어 집으로 돌아온다. 몸을 기댈 수 있는 유아차가 있어서 다행이다. 아직 8시가 되려면 조금 남았는데, 그때가 통행금지 시간이기 때문에 서둘러야 한다. 모든 사람은 8시까지는 집에 들어가야 한다. 그 말은 에베가 지금 어디 있든 간에 오늘 밤에는 집에 오지 않을 거라는 뜻이다. 나는 헬레의 옷을 벗기고 파자마로 갈아입혀 침대에 눕힌다. 헬레는 이제 4개월이고, 내 손가락을 자기 손 전체로 꼭 쥐면서 아직 이가 없는 입으로 내게 미소를 지어 보인다. 한 가지 좋은 점이 있다면, 이 아이가 아직까지는 자기 아버지가 집에 왔는지 안 왔는지에 관심이 없다는 것이다.

다음날 아침, 에베가 끔찍한 몰골로 집에 온다. 재킷 단추들은 하나씩 밀려서 잠겨 있고, 이제 봄이라 날씨가 따뜻한데도 목도리는 두 눈까지 올라오게 칭칭 감겨 있다. 두 눈은 술과 수면 부족으로 충혈돼 있다. 나는 그가 살아 있다는 걸 확인해서 너무 기쁜 나머지 그에게 호통을 치는 것도 잊어버린다. 그는 마루 한가운데 휘청거리며 서서 '개코원숭이 춤', 그러니까 그가 어느 단계 이상 취하면 주위 사람들이 손뼉을 치는 동안 늘 혼자서 추곤 하는 그 춤의 몇 스텝을 어색하게 밟는다. 그는 한쪽 다리를 들고 서서 몸을 빙 돌려 보지만, 이내 균형을 잃고 의자로 손을 뻗는다. "나 바람 피웠어요." 그의 목소리가 귀에 거슬린다. 나는 맥이 풀린 채 묻는다. "누구랑요?" "어떤 예쁜 여자랑요." 그가 말한다. "임신도 안 하고, 부─불감증도 아닌 사람이랑요. 올레가 토칸텐 술집에서 만난 사람이에요." 내가 묻는다. "그 여자 다시 만날 거예요?" "글쎄요, 그건 여러 가지에 달려 있는데." 그는 의자에 털썩 주저앉는다. "당신이 그 물바드라는 남자한테 방정식 푸는 것 대신 솔리테어를 시킨다면, 그럼 어쩌면 다시 안 만날 수도 있어요. 안 그러면, 나도 모르겠어요." 나는 그에게 걸어가 그의 입을 가린 목도리를 풀고 키스한다. "그 여자 다시 만나지 말아요." 나는 단호하게 말한다. "물바드한테는 대신 솔리테어 시킬게요." 그는 내 허리에 팔을 둘러 나를 안고는 내 사타구니에 머리를 댄다. "난 괴물이에요." 그가 중얼거린다. "왜 나하고 같이 있고 싶어 하는 거예요? 난 가난하고 술주정뱅이에다 아무것도 잘하는 게 없어요. 당신은 아름답고, 유명하고, 원하는 사람이라면 누구든 가질 수 있었는데." "하지만." 나는 진심으로 말한다. "우리는 아이를 함께 낳았잖아요. 난 당신 말고는 어떤 남자도 원하지 않아요." 그가 일어서서 나를 껴안는다. "너무 피곤해요. 술에 취하는 걸로는 우리 문제가 해결이 안 되네요. 그 빌어먹을 판 데 펠데. 그 책 때문에 허리가 아파." 우리는 함께 웃고, 나는 그가 옷을 벗고 침대에 들어가게 도와준다. 그런 다음 나는 타자기 앞에 앉아 글을 쓰면서 내 남편이 다른 누군가와 잤다는 사실을 잊어버린다. 헬레가 배가 고파져서 울기 시작할 때까지 나는 모든 것을 잊는다.

다음날, 나는 이렇게 시작하는 시 한 편을 쓴다. '내 연인은 왜 빗속을 걷는지, 코트도 모자도 없이? 내 연인은 왜 밤에 날 떠나는지, 아무도 이해할 수 없으니.' 내가 그 시를 보여 주자 에베는 시는 좋지만, 비는 오고 있지 않았고, 자기는 코트도 입고 있었다고 말한다. 나는 웃음을 터뜨리고는 에드빈이 내 시를 읽고 나서 내게 굉장한 거짓말쟁이라고 말했던 일을 들려준다. 에베는 다시는 외박을 하지 않겠다고 약속한다. 내가 너무 힘들어해서 안 되겠다면서 말이다. "그 빌어먹을 풀리무트 때문이에요. 술집에서 맥주를 마시려면 풀리무트도 한 잔 시켜야 되는데, 그게 사람을 취하게 만들어요." 나는 질투가 나서 그 여자는 어떻게 생겼느냐고 묻는다. 그는 나처럼 예쁜 여자는 전혀 아니었다고 대답한다. "예술가들이랑 대학생들 쫓아다니는 부류 있잖아요." 그가 말한다. "그런 여자들은 상어밥으로 줘도 될 만큼 많아요." 그러고는 이렇게 덧붙인다. "우리한테 헬레가 없었더라면, 우리 사이는 모든 게 여전히 괜찮았을 텐데." 나는 대답한다. "정상으로 돌아갈 거예요. 그리고 난 나아지고 있다고 생각해요." 하지만 그건 사실이 아니다. 아주 중요한 무언가가, 믿을 수 없을 만큼 근사하고 가치 있었던 우리 사이의 무언가가 파괴되었고, 그건 나보다는 에베에게 더 나쁜 일이다. 그는 자신의 문제와 슬픔들을 글로 써서 풀어 버릴 수 없기 때문이다. 그날 밤 우리가 잠들기 전에 나는 그의 치켜 올라간 두 눈을 빤히 들여다보고, 그 눈동자 속의 갈색 점들은 스탠드 불빛 속에서 빛을 낸다. "무슨 일이 있어도 나하고 헬레를 떠나지 않는다고 약속해 줘요." 나는 말하고, 그는 약속한다. "우린 같이 나이를 먹어 갈 거예요. 당신도 주름살이 생길 테고, 턱 밑 피부는 우리 어머니처럼 축 늘어지겠지만, 당신의 눈은 절대 나이를 먹지 않을 거예요. 푸른 눈동자에 검은 테두리가 둘러진 채로 언제까지나 그대로일 거예요. 그게 내가 사랑에 빠졌던 눈이야." 우리는 키스를 하고 남매처럼 건전하게 서로를 품에 안는다. '판 데 펠데의 시기'가 지나가자 에베는 더 이상 나와 섹스를 하려 하지 않는다. 내가 하기 싫어하는 것도 아니고, 그를 거절한 적도 거의 없었는데도.

# 8

5월 말의 어느 날, 에스테르가 우리 집에 찾아와서 클럽 모임이 해체되어 가고 있다고 알려 준다. 이유는 여러 가지다. 통행금지 때문이기도 하고, 사실 돈벌이가 되는 손님들은 아니었던 우리를 식당에서 꺼리기 때문이기도 하고, 또 회원들 각자의 다양한 문제들 때문이기도 하다. 소냐는 자기 장편 소설을 끝낼 수가 없어 보이고, 그 소설은 모르텐 닐센이 고치고 또 고치는 중이다. 소냐는 또 루보브 교수에게도 그 소설의 몇 챕터를 읽어 봐 달라고 보냈다. 할프단은 아테네움 출판사에서 시집이 나올 예정인데, 그 출판사는 가을에 출간될 에스테르 자신의 새 장편 소설에도 호평을 보냈다고 한다. 나는 『어린 시절의 거리』 원고를 송고한 뒤로 쓰고 있는 게 없어서 내면에 다른 무엇으로도 채울 수 없는 거대한 공허감을 품고 있다. 모든 것이 내 안에 입력되지만 출력되는 건 없는 듯한 기분이다. 리세는 이제 내가 잠깐 동안은 인생을 좀 즐겨야 한다고, 그렇게 힘든 온갖 일을 해냈으니 그럴 만한 자격이 있다고 말해 준다. 하지만 내게 인생이란 오직 글을 쓰고 있을 때만 즐거운 것이다. 순전히 너무 지루해서, 나는 슈베르트 거리에 사는 아르네와 시네와 함께 몇 시간 동안 어울린다. 그들은 에베와 내가 처음으로 만났던 날 밤에 어린이 침대에 누워 있었던 커플이다. 아르네는 에베와 마찬가지로 경제학을 공부하는 학생인데, 집에서 돈을 많이 받고 있어서 일을 할 필요가 없다. 림 협만 지역 출신 농부의 딸인 시네는 빨간 머리에 몸매가 풍만하고 에너지가 넘친다. 시네는 준학사 학위를 따려고 공부를 시작했는데, 자기가 아는 게 너무 없다는 걸 참을 수가 없어서라고 한다. 나는 내가 무식하다는 데 익숙해져서 새로운 것을 배우는 데는 젬병이라고 그에게 털어놓는다. 내가 『프랑스 혁명』을 다 읽기 전에 비고 F.와 이혼했다는 말도 한다.

에스테르는 더 이상 비고 F.의 집에서 지내지 않

는다. 얼마나 내가 보고 싶은지, 내가 떠나서 얼마나 괴로운지 토로하는 비고 F.의 이야기를 들어 주는 데 질려 버렸다고 그는 말한다. 에스테르는 다시 본가로 들어갔지만 그것 역시 썩 좋은 선택은 아니었다. 식료품 잡화점을 하다 파산했던 에스테르의 아버지는 애인들을 한 명씩 차례로 집에 데려온다. 에스테르의 어머니는 그 일에 익숙해져 있다. "있잖아요." 에스테르가 말한다. "난 우리한테 강요되는 그 온갖 자유로운 사고방식이라는 것에 진절머리가 나요." 나도 마찬가지다. 나는 에스테르에게 우리처럼 괴상한 몇몇 사람들은 글을 쓰지 않을 때는 뭘 하면 좋겠느냐고 물어본다. 그러자 그는 우리 집에 찾아온 진짜 이유를 말해 준다. 전에 그가 약국에서 일할 때부터 알고 지내던 엘리사베트 네켈만이라는 화가가 있다고. 엘리사베트는 목에 칼라를 달고 정장을 입고 호박색 궐련 파이프를 피우는 또 다른 여자와 같이 사는데, 오직 여자들만 좋아하는 여자이기 때문이라고 한다. "그리고 그 사람이 나를 좋아해요." 에스테르의 목소리는 차분하다. "나한테 자기가 휴가 때 쓰는 집에서 잠깐 동안 지내고 싶지 않으냐고 묻더라고요. 그러면 좋을 것 같긴 한데, 그 집에서 할프단하고 같이 지낼 수는 없어요. 그랬다간 우리는 수입이 완전 없어질 테니까요. 나랑 같이 거기서 지내지 않을래요? 시골이라서 공기도 헬레한테 좋을 거예요." 내가 대답을 망설이자 옆에 있던 에베가 끼어든다. "난 당신이 거기 다녀오면 좋겠어요. 좀 떨어져 있다 보면 결혼 생활에 활기가 새로 생길지도 모르잖아요." 그러면서 그는 헬레와 실랑이를 하지 않게 되면 자기도 더 평온하고 조용하게 공부할 수 있을 거라고 덧붙인다. 시험이 가까운 그는 따라잡아야 할 것들이 많다. 그래서 나는 에스테르의 제안에 동의한다. 나는 에스테르가 너무도 차분하고 친절하며 분별 있는 사람이라서, 인생의 사명이 나와 같은 사람이라서 그를 좋아한다. 그 집은 코펜하겐에서 꽤 떨어진 셸란섬 남부 어딘가에 있지만 에베는 가능한 자주 나를 보러 오겠다고 약속한다. 에스테르와 나는 다음날 자전거를 타고 그곳에 가기로 한다. 그날 저녁, 에베는 오랜만에 나와 잔다. 하지만 그는 마치 아직도 내게 끌린다는 사실이 짜증스럽다는 듯 화난 태도로 배려 없이 그 행위를 한다. "모유 수유가 끝나면 좀 달라질 거예요." 나는 미안함을 느끼며 말한다. 그의 몸 위에 내 모유가 조금 떨어지자 그는 웃는다. 그러고는 말한다. "그래요, 낙농장이랑 같이 자는 게 그렇게 쉬운 일은 아니죠."

그 집은 저지대에 위치해 있다. 집 뒤에는 밀밭이 있고,

울쑥불쑥 솟아난 풀들과 야생 라즈베리 줄기들의 군락이 언덕에서부터 길 바로 옆까지 이어져 있으며, 그 길에는 꼬부라진 소나무 한 쌍이 솟아 있다. 집 안에는 한쪽 끝에 옛날식 난로가 놓인 커다란 거실이 있고, 침대가 두 개 놓인 작은 방이 있다. 우리는 그 방에서 서로 아주 가까이에 누워 잠들고, 그래서 한밤중에 잠깐 잠이 깨면 에스테르의 조용한 숨소리가 내게 들려온다. 나는 헬레와 함께 잠을 잘 수 있어서, 아이의 따스하고 작은 몸을 곁에 둘 수 있어서 아늑하고 행복해진다. 낮 동안 헬레는 유아차에 누운 채 바깥에서 햇볕을 쬐지만 살이 타지는 않는데, 그건 나와 똑같다. 우리는 둘 다 피부가 하얗다. 반면 에스테르는 며칠 만에 살이 탄다. 그러자 그의 이는 더 하얘진 것처럼 보이고, 팽팽한 갈색 피부를 배경 삼은 두 눈의 흰자위는 물기 어린 도자기처럼 보인다. 에스테르는 나보다 잠이 더 필요하기 때문에 아침이면 내가 먼저 일어난다. 나는 우리에게 우유와 달걀을 파는 근처의 농부에게서 사 온 장작을 난로에 넣고 무척 힘겹게 불을 붙인다. 난로에선 불길보다 연기가 더 많이 피어오르고, 내가 여러 번 불을 붙인 다음에야 불길이 자리를 잡는다. 그런 다음 나는 차를 끓이고, 빵 몇 조각에 버터를 바르고, 가끔씩은 여전히 침대 안에 있는 에스테르에게 아침 식사를 가져다준다. "나 이러다 버릇 나빠지겠는데요." 에스테르가 회갈색 눈을 비벼 잠을 떨어내면서 행복한 목소리를 낸다. 길고 검은 머리칼이 그의 매끈한 이마 위로 내려온다. 긴 산책과 대화, 그리고 이제 막 첫 번째 이가 난 헬레와 놀아 주는 일들로 하루하루가 지나간다. 그때껏 시골에서 지내 본 적이 없었던 나는 내가 경험해 본 어떤 것과도 닮지 않은 이곳의 고요함에 놀라움을 느낀다.

행복을 닮은 무언가가 느껴지고, 나는 인생을 즐긴다는 말이 이런 느낌을 뜻하는 것이었는지 궁금해진다. 저녁이 되어 에스테르가 헬레를 봐 주는 동안 나는 혼자 산책을 간다. 들판과 소나무 숲의 향기가 도착했던 날보다 짙어져 있다. 농가의 불 켜진 창문들이 어둠 속에서 노란 사각형들이 되어 빛나고, 나는 그 안에 있는 사람들은 무엇을 하며 시간을 보낼지 궁금해한다. 남자는 아마 앉아서 라디오를 듣고 있을 테고, 그의 아내는 아마도 짜서 만든 바구니에서 양말들을 집어 올려 깁고 있을 것이다. 이내 그들은 하품을 하고 기지개를 켠 다음, 바깥 날씨를 내다보면서 다음날 아침에 자신들을 기다리고 있을 일에 대해 몇 마디를 나눌 것이다. 그런 다음 아이들을 깨우지 않으려고 발끝으로 걸어 침대로 갈 것이다. 노란 사각형들은 꺼질 것이다. 온 세상 사람들의 눈이 감길 것이다. 도시들이 잠자리에 들고, 집들도, 들판들도 잠이 든다. 내가 집으로 돌아오면 에스테르는 달걀 프라이나 그 비슷한 무언가로 간단한 저녁 식사를 만들어 놓고 있다. 우리는 힘든 일은 별로 하지 않는다. 식사를 마치면 우리는 석유램프를 켜 놓고는 몇 시간이고 이야기를 나누고, 그 틈틈이 긴 침묵이 흐르지만 그 침묵은 에베와 나 사이에서 변질된 침묵처럼 긴장을 품고 이글거리지는 않는다. 에스테르는 자신의 어린 시절에 대해, 바람을 피우던 아버지와 다정하고 참을성 있는 어머니에 대해 말해 준다. 나 역시 내 어린 시절에 대해 말하고, 우리의 과거는 우리 둘 사이에서 다시금 생명을 얻는다. 와글거리는 삶으로 이루어진 벽의 한 단면을 만지는 것 같다. 이 조용한 날들이 방해받을 때는 오직 에베나 할프단이 찾아올 때뿐이다. 가끔씩 그들은 여기까지 함께 자전거를 타고 오는데, 도착할 때면 늘 더위에 헐떡거리고 있다. 그들이 와 있는 동안에도 우리는 괜찮은 시간을 보내지만, 나는 에스테르와 둘이서만 있는 쪽이 더 좋다. 빛바랜 반소매 셔츠와 긴 바지를 입고 양끝이 치켜 올라간 조그만 윗입술을 삐죽거리는 에스테르는 꼭 소년 같다.

후덥지근한 아침이면 우리는 들판 가장자리에 나가 온몸을 씻는다. 에스테르의 갈색 몸은 튼튼해 보이고, 가슴은 크고 탄탄하다. 그는 나보다 키가 조금 크고 어깨가 넓다. 에스테르가 차가운 물을 내 몸에 부을 때면 나는 꽥 소리를 지르고, 내 피부는 파래지면서 소름이 돋는다. 하지만 에스테르는 자기 차례가 와도 전혀 흔들리지 않는다. 그는 매끄럽게 반짝이는 두 팔과 두 다리를 잔디 위에 십자가처럼 쫙 뻗고 햇볕에 말린다. 내 남은 평생 동안 쭉 이렇게 살 수 있을 것만 같다. 에베에 대해, 끊임없이 계속되는 우리의 문제들에 대해 생각하는 건 너무 골치 아픈 일이다.

밀밭은 황금빛으로 변하고, 그 가지들은 익어 무거워진 낟알들을 짊어진 채로 서서 바람에 흔들린다. 집 밖에서 들려오는 뻐꾸기 소리에 나는 아주 이른 시각에 잠에서 깬다. 처음에는 가까이서, 그 다음엔 멀리서, 그 새는 우리를 놀리는 게 재미있다는 듯 울어 댄다. 마침내 우리 중 한 명이 여전히 잠에 취한 채로 침대에서 굴러 나와 상하 2단으로 된 창문의 위쪽 절반을 열고는 손뼉을 쳐서 녀석을 쫓아 버린다. 한 시간 뒤, 들판에서는 수확기가 곡식을 베어 내기 시작하고, 소나무 숲 너머에서는 태양이 노란 이마를 들어 올린다. 나는 침대에 누워 아이에게 젖을 먹이면서 에스테르를 보고 있다. 곧 우리는 이곳을 떠나 각자의 남편에게 돌아갈 거라는 생각을 하면서. 내 어린 시절 친구인 루트가 떠오르고, 따스한 느낌이 내 생각들을 아무 목적 없이 우주 여기저기로 이끌고 간다. 에스테르가 깨어나자 나는 그에게 묻는다. "나 모유 수유 그만 해야 할까요?" "당연하죠." 그는 미소를 짓는다. "헬레의 영양 상태는 전혀 부족함이 없어 보이지만, 이제 고형식을 조금 먹여 봐도 나쁘지 않을 거예요. 당신의 그 멋진 가슴은 사라지겠지만요."

나는 집으로, 햇볕에 탄 에베에게로 돌아간다. 에베는 받을 수 있는 가장 낮은 점수로 첫 학기를 통과했지만, 어쨌든 해내긴 했다. 그는 나를 다시 보게 되어 진심으로 기뻐하고, 나는 나를 끌어안는 그의 손길 속에서 불감증이 사라지고 있음을 느낀다. 내가 그렇게 말하자 그가 대답한다. "그럼 세상 어떤 것도 다시는 우리 사이를 갈라놓을 수 없겠네요." 나 역시 같은 생각이다. 하지만 이후 며칠 동안 나는 에스테르의 조그맣고 소년 같은 얼굴과 삐죽 튀어나온 입술을 떠올린다. 그리고 정말이지 이해할 수 없는 방식으로 그가 에베와 나를 다시 가까워지게 해 주었다는 것도.

# 9

가을에 나온 내 신간은 모든 곳에서 좋은 리뷰를 받는다.
「소시알 데모크라텐」의 리뷰만 예외인데, 거기서는 율
리우스 봄홀트[17]가 '노동자들의 거리에서 도망치다'라
는 제목 아래 두 단에 걸쳐 내 책을 갈기갈기 찢어 놓
는다. 그는 내 책에 '감사하는 마음이라고는 조금도' 담
겨 있지 않다고 쓴다. 그러고는 '덴마크 사회민주당 청
년부(DSU) 소속인 우리의 젊고 건강한 소년들에 대한

---

17   1896~1969. 덴마크의 정치인. 사회민주당 대표와 교육부,
     문화부 장관 등을 역임했다.

묘사 또한 이 책에는 결여되어 있다'고 덧붙인다. 나는 차 대용품을 끓여 담은 찻잔에 대고 엉엉 울면서 말을 한다. "하지만 난 DSU의 누구도 만나본 적이 없는데, 어떻게 그 사람들을 묘사할 수 있겠어?" 에베는 최선을 다해 나를 위로하지만, 그런 식으로 비판받는 일에 익숙하지 못한 나는 가족 중 가까운 누군가가 방금 세상을 떠나기라도 한 것처럼 흐느껴 운다. "그 사람, 비고 F.랑 같이 내가 찾아갔을 때는 나한테 그렇게 잘해 줬었는데." 내 말을 들은 에베는 아마 그 사람도 비아른호프와 마찬가지로 내가 비고 F.를 떠나서 화가 났을 거라고 말해 준다. 정말로 그 리뷰는 개인적인 원한이 숨겨져 있는 것처럼 무자비하게 느껴진다. "그레이엄 그린이 어딘가에 이렇게 썼어요." 에베는 진지한 생각을 할 때면 늘 그러듯 천장을 올려다보며 말을 잇는다. "한번도 실패해 본 적이 없는 사람은 어딘가 잘못된 사람이라고." 그의 말을 들으니 위안이 좀 된다. 나는 어차피 중요하지 않은 그 악평만 빼놓고 모든 리뷰 기사를 오려다가 우리 아버지에게 가져간다. 아버지는 이미 반쯤은 채워진 내 스크랩북에 그 기사들을 풀로 붙이더니 비난하는 투로 내게 말한다. "내가 반들반들해진 바지 엉덩이 부분을 거실로 향하고 누워서 자고 있다고 쓴 그 부분, 뺄 수는 없었던 거냐? 내가 항상 자고 있는 것도 아니고, 내 바지는 닳아서 반들반들해져 있지도 않아." 그러자 어머니가 대꾸한다. "아무도 그게 당신이란 거 몰라. 그 책에 나오는 어머니는 나랑 비슷한 데가 하나도 없던데 뭐." 어머니는 아이스크림 가게 여자가 유명한 딸이 있는 건 어떤 기분이냐고 묻기에 내 책 한 권을 빌려주었다고 한다. "전에는 나한테 말도 안 붙이던 여자였는데."

이 무렵은 짧고도 행복한 시기다. 에베는 저녁때 외출하지도, 술을 너무 많이 마시지도 않는다. 반면에 리세와 올레 사이는 잘 풀리지 않는다. 그들은 긴급한 자금 문제를 놓고 싸우고 있다. 올레에겐 학자금 대출이 있고 리세는 지금의 직장에서 그리 많이 벌지 못하기 때문이다. 리세가 해질녘에 쓰레기 매립지에서 따오는 버섯이 없다면 그들은 굶어 죽을 처지고, 리세는 이제 그만 이혼하고 자기가 만나고 있는 변호사와 결혼하고 싶다고 말한다. 변호사는 아이가 둘 있는 유부남이다. 한편 아르네는 시네와 이혼하고 싶어 한다. 시네에게 암시장에서 물건을 팔아 하루에 50크로네라는 터무니없이 많은 돈을 버는 애인이 있기 때문이다. 저녁이 되자 나는 에베의 품에 안겨 눕고, 우리는 절대 헤어지지도 바람을 피우지도 말자고 서로에게 약속한다.

나는 에베에게 내가 언제나 변화를 싫어했다는 말

을 한다. 우리 집이 헤데뷔가데에서 베스텐으로, 내게는 전혀 편안하게 느껴지지 않는 곳으로 이사를 갔을 때 내가 얼마나 슬펐는지도 이야기한다. 나는 우리 아버지를 닮았다고 이야기한다. 집에서 어머니와 에드빈이 가구 위치를 바꾸면, 아버지와 내가 언제나 원래 있던 자리로 돌려놓곤 했다. 에베는 웃으며 내 머리를 쓰다듬는다. "당신, 끝내주는 반동주의자군요." 그가 말한다. "사실은 나도 그래요, 나는 급진주의자인데도." 그때부터 그의 부드럽고 비밀스러운 목소리는 끝없이 풀리는 실타래처럼 변함없이 위로가 되는 말들을 내 귓속에 풀어놓는다. 그는 흑인들의 피부가 왜 검은지, 유대인들의 코는 왜 매부리코인지, 그리고 하늘에는 별이 얼마나 많은지에 관한 자신만의 가설을 펼치고 있다. 마치 아이가 반복되는 자장가에 잠이 드는 것처럼, 나는 답을 구할 수 없는 그 질문들을 들으며 잠 속으로 빠져든다. 바깥에는 참을 수 없을 만큼 사악하고 복잡한 세상이, 우리의 존재를 무시하려 드는 세상이 있다. 경찰이 독일군에게 넘어갔고, 에베는 CB 대원[18]이 되었

---

18    민간인 보호대(Civil og Beskyttelse)의 일원. 점령 중 독일군이 덴마크 경찰을 해산했을 때 자기 방어와 구조를 위해 만들어진 민간인 조직이다.

다. CB는 일종의 경찰 대체 조직이 될 것이다. 그곳의 대원들은 어깨가 축 늘어진 푸른색 유니폼을 입는데, 에베의 유니폼 모자는 그에게 너무 크다. 내 눈에는 그 모자를 쓴 그가 '좋은 병사 슈베이크'[19]처럼 보여서, 레지스탕스에 합류해야겠다는 그의 말을 도저히 진지하게 받아들일 수가 없다.

헬레는 9개월이 되자 숨을 몰아쉬고 끙끙거리고 애를 쓰면서 아기 놀이울 안에서 일어선다. 그러고는 난간들을 붙잡고 흔들면서 기쁨으로 새된 소리를 지른다. 아이를 축하하고 칭찬해 주려고 몸을 굽히는데, 입안에 침이 고이기 시작한다. 나는 달려가 토하고 만다. 뭔가를 잘못 먹은 것 같다고 되뇌지만, 임신일 수도 있다는 생각에 다리가 후들거린다. 나는 알고 있다. 만약 임신이라면, 이 일이 에베와 나 사이의 모든 것을 망쳐버릴 것이다.

"이제 2개월째에 들어섰네요." 내 공공 보건 담당 의사인 헤르보르 박사의 말이다. 그가 자리에 앉는 동안, 나

---

19　체코 소설가 야로슬라프 하셰크가 쓴 동명의 미완성 풍자 소설에 나오는 주인공으로, 지금까지도 '현명한 바보'의 대표적인 캐릭터 중 하나로 꼽힌다.

와 현실 사이에 언제나 드리워져 있던 커튼은 회색으로 물들고 구멍들이 숭숭 뚫리면서 거미줄처럼 변한다. 의사가 입은 눈부시게 하얀 상의에는 단추가 하나 떨어져 있고, 그의 한쪽 콧구멍에는 길고 검은 털 한 오라기가 튀어나와 있다. "하지만 전 이 아이를 낳고 싶지 않은데요." 나는 단호하게 말한다. "실수였어요. 제가 페서리를 잘못 삽입한 게 틀림없어요." 그는 미소를 짓더니 냉담한 눈으로 나를 바라본다. "맙소사, 얼마나 많은 아이들이 실수로 태어나는지 아세요?" 그가 말한다. "그럼에도 어머니들은 그 아이들을 사랑하지요." 나는 조심스럽게 묻는다. "지울 수 있을까요?" 그러자 고무밴드가 축 늘어지듯 곧바로 그의 얼굴에서 미소가 사라진다. "전 그런 일은 안 합니다." 그의 목소리는 차갑다. "그리고 그게 불법인 걸 아시지 않나요." 그래서 나는 리세의 조언에 따라 그에게 그 수술을 하는 의사를 알려 줄 수 있는지 묻는다. "아뇨." 그가 대답한다. "그것 역시 불법이라서요." 그래서 나는 어머니를 찾아간다. 어머니는 이해해 주리란 걸 알아서다. 어머니는 부엌에 앉아 솔리테어를 하고 있다. 내가 찾아온 이유를 들은 어머니는 이렇게 말한다. "아, 그걸 거기서 떼 버리는 건 그렇게 어렵지는 않아. 그냥 약국에 사서 호박유 한 병을 사. 그걸 쭉 마시면 효과가 있을 거야. 나한테는 두 번 효과가 있었으니까. 난 내가 무슨 말을 하는지는 안단다." 나는 호박유를 사 와서는 부엌의 어머니 맞은편 의자에 앉는다. 병뚜껑을 열자 구역질나는 냄새가 나를 감싸고, 나는 화장실로 달려가 토한다. "못 하겠어요. 저걸 어떻게 마셔." 우리 어머니에게는 더 좋은 생각이 없어서, 나는 리세가 일하는 관청으로 걸어가 건물 바깥에 서서 리세를 기다린다. 어스름 속에서 은은하게 빛을 내는 증권 거래소의 녹색 지붕이 보이고, 클럽 모임이 끝나고 집으로 돌아가는 길에 피에트와 함께 어두운 도시를 걸었던 일들이 떠오른다. 그때 나는 임신해 있지 않았고, 만약 내가 비고 F.와 계속 함께 살았더라도 마찬가지로 임신할 일은 없었을 것이다. 사람들이 나를 알아차리지 못하고 지나간다. 혼자인, 혹은 아이들의 손을 잡은 여자들이 나를 지나쳐 간다. 그들의 얼굴은 느긋하고 차분해 보인다. 아마도 그들의 몸속에서는 원치 않는 무언가가 자라나고 있지는 않을 것이다. "리세." 나를 향해 걸어오는 리세에게 내가 소리친다. "그 사람이 안 해 준대요. 도대체 난 어떡해야 되죠?" 시가 전차를 타러 가는 길에 나는 리세에게 우리 어머니의 끔찍한 호박유에 대해 말해 주는데, 그것은 리세가 한 번도 들어본 적이 없는 요법이다. 나는 리세가 킴을 데려가려고 자기 어머니 집에 들어갈 때 같이 들어간다. 리세의 어머니는 바닥까지 닿는 원피스를 입고, 탈모를 감추려고 모자를 쓰고 있는 고압적인 성격의 여자다. 나는 리세의 아버지가 언제나 요람 속에 아기가 있기를 바랐기 때문에 리세의 어머니가 열 명이나 되는 아이를 낳았고, 그 문제에 대한 리세 어머니의 의견에 관심을 기울인 사람은 아무도 없었다는 사실을 떠올린다. 우리는 리세네 집으로 돌아오고, 리세는 내게 당황하지 말라고, 반드시 해결책이 있을 거라고 말해 준다. 리세는 1년쯤 전에 불법으로 임신 중단을 했던 같은 사무실의 젊은 여직원에게 물어볼 생각이다. 유감스럽게도 그 직원은 지금 병가 중이지만, 다시 출근하자마자 리세가 나를 위해 주소를 알아봐 줄 것이다. "레운바크[20] 박사는 지금은 그걸 하고 있지 않아요." 리세가 말한다. "그것 때문에 얼마 전에 감옥에 갔었거든요. 어쩌면 나디아는 누군가를 알지도 모르겠네요. 그런데 나디아랑 그 선원이 어디 사는지 기억이 안 나네." "하지만 난 그냥 기다리기만 할 수는 없어요."

---

20  요나탄 회아이 본 레운바크(1884~1955). 덴마크의 의사. 1차 대전과 2차 대전 사이의 기간에 특히 자녀가 많고 가난한 여성들을 위해 성교육과 안전한 피임법, 임신 중단 시술을 보급하기 위해 노력했으나, 사회적으로 많은 비난을 받았고 두 번 기소되었으며 의사 면허와 시민권을 박탈당하기도 했다.

나는 거의 호소하다시피 한다. "뭔가를 해야겠어요. 일
도 못하겠고, 에베랑 헬레에 대한 감정들도 다 사라졌
어요." 리세는 아마도 레운바크 박사와 입장이 같은 의
사들이 많을 거라고 한다. 뭔가를 해야겠다면 전화번
호부에서 그들을 찾아 한 명씩 차례로 전화를 걸어 보
라고, 그럼 어쩌면 운이 따를 수도 있다고. 그러는 동안
리세의 동료 여직원도 건강을 회복하고 복귀할 테니,
결코 희망을 잃어서는 안 된다고. 리세는 엄숙한 표정
으로 나를 본다. "정말 아이가 하나 더 생기는 게 그렇
게 끔찍한 일이라고 생각해요?" 리세 역시 이해하지 못
하는 것이다. 나는 대답한다. "내가 원치 않는 일은 뭐
든 내게 일어나지 않았으면 좋겠어요." 그건 덫에 걸리
는 것과 같다. 게다가 또 다시 모유 수유로 불감증이 찾
아온다면 우리의 결혼 생활은 버텨 내지 못할 것이다.
그 시절에 에베가 나를 만질 때의 그 느낌을 앞으로는
참지 못할 것 같다.

내가 집에 돌아오자 에베가 레지스탕스와 접촉했
노라고 알려 준다. 그는 자유의 전사로서 독일군이 항
복하고 이 나라에서 철수할 날을 맞이하기 위한 훈련
을 받게 될 것이다. 그 일이 전투 없이 가능할 거라고
생각하는 사람은 아무도 없다. 그러나 애초에 스탈린
그라드에서 대패한 독일군이 이곳의 점령을 유지할 수

있다고 생각하는 사람 역시 아무도 없다. 나는 신경 쓰고 싶은 마음이 조금도 생기지 않아서 그에게 짜증을 낸다. "당신은 병정놀이를 하고 싶은가 보네요. 난 처리해야 되는 다른 일들이 있어서요." 에베는 아이를 지우겠다는 생각이 썩 마음에 들지는 않는다고 한다. 사람들이 그 수술을 받다 죽기도 하니, 어쨌든 그걸 해 주는 의사를 찾는 걸 도와줄 수는 없겠다고. 나는 그에게 말조차 하기 싫다. 그는 이해하지 못한다. 내가 그에게서 뭘 보았던 건가 싶다.

다음날 나는 의사 찾기 대장정을 시작한다. 의사들이 모두 같은 시간대에 상담을 받고 있어서 하루에 두어 군데밖에는 찾아갈 수가 없다. 나는 닳아빠진 내 트렌치코트를 입고 빨간 목도리를 목에 두른 채 그 하얀 가운들 맞은편에 앉는다. 그들은 나를 냉담하게, 그리고 미심쩍다는 듯 바라본다. "대체 누가 제 주소를 알려 주면서 책임을 지겠다고 한 거죠?" "부인, 부인보다 훨씬 형편이 어려운 여자들도 많답니다. 부인께서는 결혼하셨고 애도 하나밖에 없지 않나요." 그들 중 한 명은 내게 이렇게 말한다. "제가 범죄를 저지르길 바라시는 건 아니겠죠? 나가시는 문은 저쪽입니다."

좌절한 나는 비참한 기분으로 집에 돌아온다. 나는 에베 어머니의 집에서 헬레를 찾아온 다음 아이에게는 아무런 주의도 기울이지 않으면서 젖을 먹인다. 헬레를 침대에 눕히고, 그랬다가 다시 안아 든다. 전화벨이 울리고, 누군가의 목소리가 이렇게 말한다. "여보세요, 저는 얄마르인데요, 에베 집에 있나요?" 나는 에베에게 전화기를 넘긴다. 그는 한 음절로 된 말로만 대답한다. 그러더니 아버지에게게서 물려받은, 뒤쪽에 우스꽝스러워 보이는 끈이 달린 코트를 걸친다. 비가 오고 있어서 그는 기다란 고무장화를 신고 다른 때에는 절대 쓰지 않는 모자를 이마까지 눌러쓴다. 겨드랑이에는 서류 가방 하나를 불편하게, 마치 안에 다이너마이트가 든 것처럼 끼고 있다. 에베의 얼굴은 창백하다. "내가 수상해 보여요?" 그에게 어딘가 의심스러워 보이는 구석이 있다는 건 몇 킬로미터 밖에 있는 어린아이도 알아챌 것 같지만, 나는 아니라고 딱 잘라 말한다. 그가 나가고 나서, 나는 전화번호부를 조금 더 갈피갈피 훑어본다. 하지만 임신 중단 시술을 해 주는 의사를 이런 식으로 찾는 건 건초 더미에서 바늘을 찾으려 애쓰는 것이나 마찬가지다. 며칠이 지난 뒤, 나는 포기한다. 그러면서 내가 시간과 경쟁하고 있음을 깨닫는다. 임신 3개월이 넘으면 어디서도 수술을 해 주지 않으리라는 걸 알기 때문이다. 리세는 근무가 끝나면 변호사 애인과 함께 있기 때문에 저녁에 리세를 만나기는 쉽지 않다. 리세는 우리가 올레에게 물어 볼 필요는 없다고 생각하는데, 올레 역시 에베와 의견이 같아서다. 지금 이 순간 남자들은 내 세계에 속하지 않는 것처럼 느껴진다. 그들은 다른 행성에서 온 것처럼 이질적인 생명체들이다. 그들은 자기 자신의 몸과 연결되어 있지 않다. 종양처럼 달라붙은 점액 덩어리가 몸 주인의 의지와는 상관없이 살아가기 시작할 수도 있는 말랑하고 부드러운 장기 같은 건 전혀 가지고 있지 않다. 어느 날 저녁 나는 나디아의 아버지를 찾아가 나디아와 그의 선원이 어디에 사는지 물어본다. 주소는 외스테르브로의 어느 지하 아파트고, 나는 곧바로 그리로 간다. 그들은 앉아서 식사를 하고 있다. 나디아는 다정한 목소리로 같이 먹겠느냐고 묻지만, 음식 냄새를 맡으니 토할 것 같다. 나는 요즘 거의 아무것도 먹지 못하고 있다. 머리를 자른 나디아는 마치 배 갑판에 서 있기라도 한 것처럼 비틀거리는 걸음걸이가 몸에 익었다. 선원은 이름이 에이나르인데, '맞아요', '그렇게 하는 거지' 따위의 똑같은 말들을 몇 번이고 반복한다. 나디아의 말투도 그와 비슷해졌다. 내가 찾아온 이유를 들은 나디아는 내게 퀴닌[21] 알약 몇

---

21   남미산 기나나무 껍질에서 얻는 약물로, 과거에는 말라리아를
     치료하는 데 쓰였다.

개를 구해 줄 수 있다고 말한다. 예전에 나디아 자신이 유산을 하려고 그 약을 썼었다. "하지만 효과가 나타나려면 며칠 걸릴 수 있어요." 나디아가 말한다. "그렇게 쉽지는 않아요. 하지만 당신이 왜 그러는지는 알겠어요. 그 눈과 손가락과 발가락들이 점점 자라나는데 자신은 아무것도 할 수 없다고 생각하면 참을 수가 없는 거예요. 다른 아이들을 빤히 쳐다보면서도 그 애들에게서 보상이 될 만한 어떤 특징들도 찾아낼 수가 없죠. 당신은 그저 당신 몸속을 당신 혼자서 소유하는 일 말고는 아무것도 생각할 수가 없는 거예요."

약간 안심이 된 나는 리세에게 가서 나디아가 퀴닌 알약 몇 개를 구해 주기로 약속했다고 말하지만, 리세는 별로 좋아하는 기색이 없다. "어떤 사람들은 그 약 때문에 눈이나 귀가 멀기도 한다고 들었어요." 리세의 말을 들은 나는 내가 이걸 지워 버릴 수만 있다면 그런 건 상관없다고 대답한다.

마침내 우리가 기다리고 있던 젊은 여직원이 사무실에 다시 출근하고, 리세는 그 여자를 도와주었던 의사의 주소를 얻는다. 나는 그 주소가 적힌 메모를 손에 들고 집에 걸어오면서 오랜만에 행복을 느낀다. 베스테르브로 거리에 사는 그 남자의 이름은 라우릿센이다. 사람들이 그를 '낙태 라우리트'라고 부른다니 틀림없이 맞을 것이다. 이제 나는 다시 헬레와 에베를 쳐다볼 수 있다. 나는 헬레를 무릎에 올려놓고 놀아 주고는 에베에게 이렇게 말한다. "알마르를 만나러 나갈 때 모자 쓰지 말고, 그 서류 가방은 안에 책이 들어 있는 것처럼 들어요. 당신 그거 너무 못해요." 하지만 에베는 자기는 어떤 사보타주 작전에도 참가하지 않을 거라서 독일군에게 붙잡힐 가능성은 별로 없다면서 나를 진정시킨다. 나는 말한다. "내일 이 시간쯤이면 나는 내 인생 그 어느 때보다 행복해져 있을 거예요."

다음날, 바깥이 추워지고 있어서 나는 시네한테서 산 퍼스티언 재킷을 입는다. 시네는 가족이 쓰던 낡은 깃털 이불들을 꿰매서 그 옷을 만들었지만, 자기 오빠를 비롯한 모두가 퍼스티언 재킷을 입고 다니기 시작하자 더 이상 그 옷을 입기가 싫어졌다고 한다. 긴 바지도 챙겨 입은 나는 베스테르브로 거리까지 자전거를 타고 간다. 벌써부터 소나무 줄기 장식과 빨간 리본들이 인도를 따라 가득 늘어선 그곳에서는 크리스마스 분위기가 난다. 나는 아무에게도 얘기하지 말고, 주소를 어디서 얻었는지도 말하지 말라는 지시를 받았다. 대기실에는 사람이 많은데 거의 여자들이다. 모피 코트를 입은 한 여자가 두 손을 비틀며 왔다 갔다 하고 있다. 여자는 마치 두 손이 자기 멋대로 움직여서 그러는 것처럼 어떤 여자아이의 머리를 쓰다듬더니, 다시 대기실을 계속 서성거린다. 여자가 몸을 돌리더니 어떤 젊은 여자에게 다가가 묻는다. "부탁인데 제가 먼저 들어가면 안 될까요? 통증이 너무 심해서요." "그러세요." 젊은 여자는 순순히 대답한다. 상담실 문이 열리면서 누군가가 "다음 환자분!" 하고 외치자 모피 코트를 입은 여자는 상담실로 달려 들어가 문을 꽝 닫는다. 잠시후, 여자는 다른 사람이 되어 나온다. 두 눈은 밝게 빛나고, 뺨은 발그레하고, 입술에는 뭔가 딴 생각을 하는 듯 묘한 미소가 어려 있다. 여자는 커튼을 옆으로 잡아당기고는 거리를 내려다본다. "저 장식들, 정말 아름답네." 여자가 말한다. "빨리 크리스마스가 됐으면." 나는 여자가 나가는 모습을 놀란 눈으로 지켜본다. 의사에 대한 내 존경심이 한층 커진다. 그가 그렇게 불행한 한 사람을 단지 몇 분 만에 도와줄 수 있다면, 나를 위해선 무엇을 해 줄 수 있을까.

"어디가 안 좋아서 오셨죠?" 의사가 친절하고 피로해 보이는 두 눈으로 나를 바라본다. 그는 나보다 나이가 많고, 머리가 희끗희끗하고, 꼭 집어 말할 순 없지만 어딘가 단정치 못해 보이는 외모의 소유자다. 그의 책상에는 살라미 샌드위치 하나가 놓여 있는데, 빵의 양쪽 가장자리가 위로 들려 올라가 있다. 임신을 했는데 아이를 또 낳고 싶지는 않다고 나는 그에게 털어놓는다. 그가 턱을 문지르며 말한다. "음, 실망시켜 드려서 유감입니다. 저는 당분간 그 일을 하지 않아요. 이 동네 분위기가 격해지고 있어서요."

너무도 큰 실망으로 마비돼 버린 나는 두 손에 얼굴을 묻고 울음을 터뜨린다. "하지만 선생님이 제 마지막 가능성이신데요." 나는 계속 흐느끼며 말을 이어 간다. "저, 임신 3개월이 거의 다 돼 가요. 선생님이 도와주시지 않으면 전 자살하고 말 것 같아요." "굉장히 많은 여성분들이 그렇게 말씀들을 하시죠." 조용히 얘기하던 그는 나를 좀 더 잘 보기 위해 안경을 벗는다. "이런." 그가 말한다. "그런데, 토베 디틀레우센 맞으시죠?" 나는 맞다고 대답하지만, 그래도 달라지는 건 없어 보인다. "지난번에 쓰신 책 읽었어요. 훌륭하더군요. 저도 베스테르브로에서 살았었어요." 그가 아주 천천히 말을 한다. "울음을 좀 그쳐 보시면 주소 하나를 조용히 말씀드릴 수도 있을 것 같아요." 그가 종이쪽지에 주소를 적어 주자 나는 감사한 마음에 금방이라도 그를 끌어안고 싶어진다. "이 사람이랑 약속을 하시면 돼요." 그가 말한다. "이 사람이 하는 일은 그냥 양막낭에 구멍 하나를 내는 거예요. 피가 나오기 시작하면 저한테 전화를 하셔야 합니다." "만약에 피가 안 나오면요?" 내 목소리는 이 일이 생각보다 더 복잡해질까 봐 불안해진다. "그러면 좋지 않은 건데요." 그가 대답한다. "보통은 피가 나옵니다. 그건 그때 가서 걱정하죠."

집에 돌아온 내가 에베에게 그 이야기를 하자, 에베는 내가 하려는 그 일을 그만두라고 애원한다. "싫어요." 나는 흥분한다. "그럴 바엔 차라리 죽는 게 낫겠어요." 에베는 침착하지 못한 상태로 거실을 계속 가로지르며 천장을 쳐다본다. 저 위에 무슨 그럴싸한 논리가 쓰여 있기라도 한 것처럼. 나는 의사에게 전화를 한다. 그 의사는 샤를로텐룬에 산다. "내일 여섯 시 정각입니다." 그의 목소리는 무뚝뚝하고 단조롭다. "그냥 들어와요. 문은 열려 있을 겁니다. 300크로네를 가져오시고요." 나는 에베에게 걱정하지 말라고 말해 준다. 무슨 일이 생기면 나는 그 의사의 집에 머물러야 할 테니 의사도 조심할 수밖에 없을 것이다. "다 끝나면 모든 게 정상으로 돌아갈 거예요, 에베." 내가 말한다. 그게 내가 이 일을 해야 하는 이유다.

# 10

나는 시가 전차를 타고 샤를로텐룬으로 간다. 예약한 일이 끝난 뒤에 내 상태가 어떨지 알 수 없어서 자전거는 타고 싶지 않다. 크리스마스 이틀 전이어서 사람들은 화려한 포장지에 싸인 선물 꾸러미들을 잔뜩 들고 있다. 이 일은 어쩌면 크리스마스이브까지는 끝날 테고, 그러면 우리는 다시금 우리 부모님 댁에서 크리스마스를 보낼 수 있다. 그러면 정말 좋을 것 같다. 나는 어느 독일군 병사 옆에 앉아 있다. 몸집이 큰 어떤 여자가 선물 꾸러미들을 가득 들고 일어서서 반대편으로 건너가느라 큰 소동을 피운 직후다. 아마도 고향에 아내와 아이들이 있을 듯한 이 병사가 안됐다는 생각이 든다. 그는 자신의 지도자가 침략하기로 결정한 외국 여기저기를 터벅터벅 걸어 다니는 것보다는 고향에 머물고 싶을 것이다. 에베는 나보다 더 불안한 상태로 집에 앉아 있다. 그는 내가 어둠 속에서도 주소를 찾을 수 있도록 손전등 하나를 사 주었다. 우리는 책에서 양막낭이 뭔지 찾아보았다. 양막낭이 찢어지면 양수가 터지고 출산이 시작된다고 적혀 있었다. 하지만 나는 양수가 아니라 피가 나올 거라고 들었는데. 우리 둘 다 제대로 이해하지는 못한 것 같다.

의사는 천장에 달린 고리에 백열전구 하나만 달랑 매달려 있는 입구에서 나를 맞는다. 그는 불안하고 언짢아 보인다. "돈은요." 그가 한 손을 내밀며 단조로운 목소리로 말한다. 내가 돈을 건네자 그는 검사실을 향해 고갯짓을 한다. 나이가 오십쯤 돼 보이는 그는 키가 작고 얼굴이 쪼글쪼글하고, 양 입꼬리는 한 번도 웃은 적이 없는 것처럼 아래로 처졌다. "올라오세요." 환자의 다리에 맬 가죽 끈이 매달린 진찰대를 한 손으로 탁 치며 그가 말한다. 나는 뾰족한 도구들이 반짝이며 일렬로 놓여 있는 테이블을 걱정스럽게 훑어보며 진찰대에 눕는다. "아플까요?" 내가 묻는다. "조금." 그가 대답한다. "아주 잠깐이에요." 그는 마치 전보 문구처럼, 성대를 덜 쓰려고 노력하는 것처럼 말을 한다. 눈을 감자 날카로운 통증이 내 몸속을 빠르게 스쳐 지나가지만 나는 아무 소리도 내지 않는다. "다 됐습니다." 그가 말한다. "피가 나오거나 열이 나면 라우릿센 박사한테 전화하세요. 병원은 가지 마세요. 제 이름도 말하지 마시고요."

시가 전차에 앉아 집으로 돌아가는 길에 나는 처음으로 두려워진다. 왜 이 일은 이렇게 비밀스럽고 복잡한 걸까? 왜 그는 그걸 그냥 제거하지 않은 걸까? 내 몸속은 대성당처럼 고요하다. 내 의지를 거슬러 살고 싶어 하는 존재를 보호하도록 되어 있는 막을 방금 어떤 치명적인 도구가 뚫고 들어갔다는 신호는 어디에도 없다. 내가 집에 도착하자 에베는 앉아서 헬레에게 분유를 먹이고 있다. 그는 창백하고 불안해 보인다. 나는 무슨 일이 있었는지 그에게 말해 준다. "그거, 하지 말았어야 했어요." 그는 그 말을 되풀이한다. "당신은 자기 목숨을 위험에 빠뜨리고 있어요. 그건 옳지 않아요." 우리는 자리에 누워 거의 뜬눈으로 밤을 새운다. 피가 나오거나 양수가 터질 기색은 없고, 열도 없고, 아무도 내게 무슨 일이 일어날지 말해 주지 않았다. 그때 공습경보가 울린다. 우리는 헬레가 누워 있는 침대를 들고 지하실로 내려가지만, 헬레는 이런 일로는 깨어나지 않는다. 지하실에는 사람들이 비몽사몽 상태로 앉아 있다. 나는 아래층에 사는 여자에게 말을 건다. 여자는 졸려서 짜증을 내는 자기 아이의 입에 쿠키를 쑤셔넣고 있다. 여자는 젊고, 얼굴은 연약하고 미성숙해 보인다. 어쩌면 그도 임신 중단을 시도해 봤을지 모른다. 저 아이에게, 아니면 그 뒤에 생긴 아이에게. 어쩌면 많은 여자들이 내가 지금 겪고 있는 일을 겪었을지도 모르지만, 아무도 그것에 관해 이야기하지 않는다. 나는 심지어 에베에게도 샤를로텐룬에 사는 의사 이름을 말하지 않았다. 내게 무슨 일이 생길 경우 그 의사가 곤란해지길 원치 않아서다. 불쾌한 사람이긴 했지만, 내가 의지할 수 있는 마지막 사람으로서 나를 도와준 그에게 나는 일종의 연대감을 느낀다.

그곳에 앉아 있자니 추워져서, 나는 내 퍼스티언 재킷 단추를 목까지 채운다. 너무 추워서 이가 딱딱 부딪치기 시작한다. "나 열이 있는 것 같아요." 내가 에베에게 말한다. 공습경보가 멎어서 우리는 다시 아파트로 올라간다. 나는 체온을 재 본다. 섭씨 40도. 흥분한 에베는 제정신이 아니다. "의사한테 전화해요. 지금 당장 병원에 가야 돼요." 나는 열 때문에 취한 것 같은 기분이 된다. "지금은 안 돼요. 한밤중이잖아." 나는 웃으며 중얼거린다. "그랬다간 그 사람 아내랑 아이들이 알게 될 거예요." 잠에 빠지기 전, 내 눈에 마지막으로 들어오는 건 마루 위를 계속 서성이며 손가락으로 미친 듯이 머리를 쓸어 넘기는 에베의 모습이다. "믿을 수가 없어." 그가 절망에 빠져 중얼거린다. "믿을 수가 없어." 그러는 동안 나는 생각하고 있다. '레지스탕스에 있는 당신 친구 얄마르, 그 친구도 당신 목숨을 위험에 빠뜨리고 있다고요, 알겠어요?'

다음날 아침 일찍 나는 라우릿센 박사에게 전화해 열이 40.5도까지 올라갔다고, 그런데 피도 양수도 나오지 않는다고 이야기한다. "나올 겁니다." 그가 단언한다. "지금 당장 병원으로 가세요. 제가 전화해서 가고 계시다고 말해 놓을 거예요. 하지만 간호사들한테는 아무 말 마세요, 아시겠죠? 임신 중인데 열이 난다, 그렇게만 말씀하세요. 그리고 겁먹지 마세요. 전부 다 잘 될 거예요."

크리스티안 9세 거리에 있는 병원은 근사하다. 수간호사가 내 진료 접수를 받는다. 나보다 나이가 많고, 상냥하고, 어머니 같은 여자다. "아기는 무사하지 못할지도 모르지만 저희가 할 수 있는 일은 해 볼 겁니다." 수간호사가 말한다. 그의 말은 나를 의아하게 한다. 2인실로 안내된 나는 한쪽 팔꿈치로 내 몸을 지탱하고 비스듬히 누워서 다른 침대에 있는 여자를 바라본다. 나보다 대여섯 살쯤 많아 보인다. 하얀 셔츠를 입고, 사람을 잘 믿을 법한 귀여운 얼굴을 하고 있다. 이름이 투티인 이 여자는 놀랍게도 모르텐 닐센의 여자 친구다. 여자가 낳으려고 했던 아기의 아버지가 모르텐이다. 투티는 이혼한 건축가로 여섯 살 된 딸이 있다고 한다. 한 시간도 안 돼서 우리는 평생 서로를 알고 지낸 사이처럼 가까워진다. 우리 병실 한복판에는 가지에 딸랑거리는 유리 장식들을 달고 꼭대기에는 별 하나가 장식된 조그만 크리스마스트리가 서 있다. 이런 곳에 놓인 그 트리는 어이없는 웃음을 자아낸다. 나는 고열 때문에 망상에 잠긴 상태로 투티에게 털어놓는다. 어렸을 때는 별들에게 정말로 다섯 개의 뾰족한 꼭지가 있는 줄 알았다고. 불이 켜지고, 간호사 한 명이 우리 몫의 쟁반 두 개를 들고 들어온다. 여전히 음식을 보기는커녕 냄새조차 맡기 어려운 나는 쟁반을 건드리지 않고 그냥 둔다. 간호사가 묻는다. "하혈이 있으신가요?" "아뇨." 내가 대답한다. 그러자 그는 밤에 하혈이 시작될 경우에 대비해 양동이 하나와 생리대 몇 개를 두고 간다. '전능하신 하느님, 제발 제가 피 한 방울만 흘리게 해 주소서.' 나는 필사적으로 생각한다. 그들이 음식 쟁반을 치우고 나자 에베가 도착하고, 그 다음에는 모르텐이 도착한다. "어, 안녕." 모르텐이 놀라서 말한다.

"여긴 웬일이에요?" 그러더니 그는 투티의 침대에 앉고, 그들은 서로 끌어안고 뭔가 속삭이면서 병실을 나간다. 에베는 나디아에게서 받은 퀴닌 알약 스무 알을 가져왔다. "먹지 않으면 안 될 때만 먹어요." 그가 말한다. 그가 가고 나자, 나는 투티에게 나디아가 예전에 퀴닌 알약을 먹어서 유산을 유도했었다고 이야기한다. 투티는 약을 먹어서는 안 될 이유를 모르겠다고 말하고, 나는 약을 먹는다. 야간 담당 간호사가 들어와 천장의 불을 끄고 야간등을 켠다. 그 푸른 불빛이 병실을 비현실적인 빛깔로, 유령이 나올 듯한 느낌으로 물들인다. 잠들 수가 없는 나는 투티에게 무슨 말인가를 하지만 나 자신의 목소리가 들리지 않는다. 나는 소리친다. "투티, 나 귀가 안 들려요!" 투티가 입술을 움직이는 게 보이지만 아무 소리도 들리지 않는다. "더 크게 말해 봐요." 내 말을 들은 투티가 고함을 친다. "소리는 지르지 말고요! 나 귀 안 먹었어요. 그 약 때문에 그런 것 같은데 그냥 잠깐 나타나는 증상일 거예요."

귓속에서 바람이 새는 소리가 나고, 그 소리 안쪽에는 푹신한 침묵이 꽉 차 있다. 여전히 피는 나오지 않으니, 나는 아무것도 얻지 못한 채 귀만 먹은 건지도 모른다. 투티가 침대에서 나와 내게 걸어와서는 내 귀에 대고 소리친다. "저 사람들은 그냥 피가 보고 싶은 거니까요. 내가 쓰고 난 생리대를 줄게요. 내일 아침에 저 사람들한테 그냥 그걸 보여 줘요. 그럼 저 사람들이 당신 몸속에 있는 걸 긁어낼 거예요." 나는 더 크게 말해 달라고 외친 끝에 마침내 투티가 한 말을 이해할 수 있게 된다. 밤중에 투티는 내게 걸어와 내 양동이에 자기가 사용한 생리대들을 집어넣는다. 투티가 크리스마스트리를 지나치자 유리 장식들이 서로 부딪치고, 나는 그것들이 딸랑거린다는 걸 알지만 소리를 듣지는 못한다. 나는 에베와 모르텐을, 피와 구역질과 열기로 가득한 이 여자들의 세계 한복판에 머물러 있던 그들의 적막한 표정을 떠올린다. 그러고는 내 어린 시절의 크리스마스들을, 우리가 노래를 부르며 트리 주위를 걸어다녔던 때를 떠올린다. 그때 우리는 찬송가 대신에 「우리가 깊은 곳에서 나와」를 불렀었다. 나는 어머니를 떠올린다. 비밀을 지킬 줄 모르는 사람이라서 내가 여기 누워 있는 것도 전혀 모르는 사람. 또 나는 유전적인 이유로 언제나 귀가 잘 안 들렸던 아버지도 떠올린다. 귀가 안 들리는 사람들은 억눌리고 고립된 삶을 살아야 한다. 내게는 보청기가 필요할지도 모른다. 하지만 투티의 인정 많은 행동에 비하면 내 귀가 안 들리는 것 정도는 별로 큰 일이 아니다. 투티가 내 귀에 대고 소리친다. "저 사람들 여기서 무슨 일이 일어나고 있는지 전부 다 알아요. 그냥 모르는 척해야 돼서 그러고 있는 거라고요."

아침이 가까워지자 나는 지쳐 잠에 빠지고, 간호사가 들어와 우리를 깨울 때까지 잔다. "오, 이런, 이런, 하혈을 많이 하셨네요." 간호사가 밤에 나온 것들이 든 양동이를 들여다보며 걱정하는 척 말한다. "아기가 무사할지 걱정이 되는데요. 당장 의사 선생님을 부를게요." 다행스럽게도 나는 청력이 돌아왔음을 깨닫는다. "속상하신가요?" 간호사가 묻는다. "조금요." 나는 풀 죽은 표정을 지으려 애쓰며 거짓말을 한다.

오후가 되자 의사가 들어오고, 나는 수술실로 실려 간다. "너무 속상해하지 마세요." 의사의 목소리는 쾌활하다. "그래도 이미 아이가 하나 있으시잖아요." 그러더니 그들은 내 얼굴에 마스크를 씌우고, 세상은 에테르 냄새로 가득 찬다.

다시 깨어난 나는 깨끗한 흰색 셔츠를 입은 채 침대에 누워 있다. 투티가 나를 건너다보며 미소 짓더니 묻는다. "자, 이제 행복해요?" "네." 내가 말한다. "당신이 없었으면 어떻게 했을지 모르겠어요." 투티는 자기도 그건 모르겠지만 어차피 이제 다 지나간 일이라고 한다. 그는 모르텐이 자기와 결혼하고 싶어 한다고 말한다. 투티는 미친 듯 모르텐을 사랑하고 있고, 이제 막 출간되어 온갖 언론에서 호평을 받고 있는 그의 시를 흠모한다. "당신만 빼면, 그 사람이 지금 최고로 재능 있는 젊은 작가예요." 투티가 요령 있게 말한다. 나도 그렇게 생각하지만, 나는 모르텐과는 친했던 적이 없 다. 마치 내가 방금 출산을 하기라도 한 것처럼 에베가 꽃다발을 들고 들어온다. 그는 이 일이 끝났다는 사실 에 행복해한다. "앞으로는 좀 더 조심해야겠어요." 그가 말한다. 나는 라우릿센 박사에게 가서 페서리를 올바 르게 삽입하는 방법을 알려 달라고 한다. 나는 금속 조 각으로 만들어진 그 기구에 여전히 강렬한 반감을 느 낀다. 그건 내가 평생 동안 품고 지낼 반감이다. 체온이 급격히 정상까지 떨어지고, 울렁거리는 느낌도 사라지 자 나는 마치 마법에 걸린 것처럼 엄청나게 배가 고파 진다. 무릎에 옴폭옴폭 들어간 곳들이 있는 헬레의 작 고 포동포동한 몸이 그립다. 에베가 헬레를 데리고 들 어오자 나는 두려움 속에서 생각한다. 만약 방금 우리 가 삶으로부터 차단해 버린 그 존재가 헬레였다면? 나 는 헬레를 침대로 데려와 함께 놀아 준다. 아이가 내게 이렇게 소중했던 적은 없는 것 같다.

저녁이 되자 의사가 우리 병실로 들어온다. 가운을 걸치지 않은 그는 두 아이의 손을 잡고 있다. 아이들은 열 살, 아니면 열두 살쯤 돼 보인다. "메리 크리스마스."

의사가 명랑하게 말하며 우리 손을 꽉 잡는다. 아이들도 우리와 악수를 한다. 그들이 병실을 나가자 투티는 이렇게 속삭인다. "정말 좋은 사람이네요. 우린 누군가가 위험을 무릅쓰고 이 일을 해 주는 걸 고마워해야 할 것 같아요."

크리스마스이브, 나는 잠에서 깨어 가방에서 연필 한 자루와 종이를 꺼내고는 희미한 야간등 불빛 속에서 시를 쓴다.

> 약하고 두려워하는 이와 함께
> 피난처를 찾은 이여,
> 너를 위해 자장가를 부르네
> 밤과 낮 사이에…….

나는 내가 한 일을 후회하지 않는다. 하지만 내 마음 속 어둡고 빛바랜 복도에는 희미한 흔적 하나가 남아 있다. 마치 젖은 모래 위에 찍힌 어린아이의 발자국 같은.

# 11

날들이 지나가고, 몇 주가, 몇 달이 흘러간다. 나는 단편 소설들을 쓰기 시작했고, 나와 현실 사이에 드리운 베일은 다시 견고하고 튼튼해졌다. 에베는 강의를 들으러 다니기 시작했다. 이제 나는 그가 얄마르와 함께 나가도 그다지 불안해하지 않는다. 다행스럽게도 그는 내가 쓰는 글에 예전만큼 관심이 없고, 그래서 나는 안심하고 남성 인물들을 만들어 낼 수 있게 됐다. 하지만 '물바드 사건' 이후로 나는 에베와 명백히 닮은 특징이라면 그게 뭐든 소설에 들어가지 않도록 여전히 조심하고 있다. 저녁에 헬레가 침대에 들어가고 나면, 에베는 내게 숍후스 클라우센[22]이나 릴케의 시를 읽어 준다. 릴케는 내게 깊은 인상을 남긴다. 에베가 아니었다면 나는 그를 절대로 발견하지 못했을 것이다. 에베는 요즘 비고 회루프[23]에 대해서도 무척 관심이 많다. 에베는 한쪽 발을 스툴에, 한쪽 손은 가슴에 얹고 극적인 포즈를 취한다. "내 손은." 그는 굵은 목소리로 읊는다. "언제나 내가 가장 비열하다고 여기는 정치에 반대하기 위해 들어 올려질 것입니다. 겨우, 부서져 먼지가 되지 않으려고 애쓰는 사람들에게 등을 돌리라며 부자들을 설득하려는 정치 말입니다." 저녁에 우리가 서로를 끌어안고 누워 있을 때면 그는 자신의 어린 시절에 대해 이야기한다. 그건 다른 남자들의 어린 시절과 똑같다. 항상 어떤 과일나무들이 있는 정원이 등장하고, 새총이 나오고, 건초를 두는 다락에 사촌이나 여자 친구와 함께 누워 있는데 어머니나 이모가 와서 망쳐 버린다는 이야기다. 몇 번 들으면 지루한 이야기인데, 남자들은 그 이야기를 할 때면 완전히 넋이 나간다. 하지만 어쨌거나 우리 사이가 괜찮은 한 우리가 서로에게 하는 말들은

---

22   1865~1931. 덴마크의 신낭만주의 시인

23   1841~1902. 덴마크의 급진주의 정치가

그리 문제가 되지 않는다.

우리는 리세와 올레가 사는 아파트의 1층으로 이사를 왔다. 방 2개 반짜리 집이고, 건물 앞에는 헬레가 뛰어놀 수 있는 작은 마당이 있다. 헬레는 이제 두 살이고, 머리칼이 없던 곳에는 금발 곱슬머리가 갑작스레 자라나 폭포처럼 흘러내리고 있다. 헬레가 너무 순해서 리세는 아이를 키운다는 게 정말로 어떤 건지 우리 부부는 모를 거라고 한다. 아침에 글을 쓸 때면 나는 헬레에게 블록과 인형들을 가지고 놀게 한다. 아이는 나를 귀찮게 하지 않는 법을 배웠다. "엄마 글 쓰고 있어. 나중에 우리 다 같이 산책 가자." 헬레는 의식을 행하듯 자기 인형에게 그렇게 되뇐다.

헬레는 벌써 완전한 문장으로 말을 한다. 우리가 새 집으로 이사 오기 며칠 전, 한센 부인이 부엌에서 나를 불렀다. "히포[24]들이 길을 막고 있어요." 부인이 말한다. "저기 보세요, 모닥불이 피워져 있어요." 나는 커튼을 옆으로 잡아당기고 내려다본다. 인적이 없는 길 너머, 우리 맞은편 건물의 맨 꼭대기 층 창문에서 히포들

---

24    게슈타포의 지원을 받은 덴마크 시민들의 유사 경찰 조직 '힐프스폴리제이'의 약칭으로, 1944년 코펜하겐을 순찰하며 시민들을 위협했다.

이 가구들을 밖으로 던진다. 커다란 모닥불이 그것들을 태우고 있다. 아래쪽에는 여자 한 명이 두 손을 들어 올린 채 아이 두 명과 함께 건물 벽에 기대 서 있다. 남자들이 소리쳐 명령하거나 기관총을 까딱거리며 그들을 그곳으로 몰아붙이고 있다. 부인은 탄식한다. "저 가엾은 사람들. 하지만 다행히 이 망할 놈의 전쟁은 곧 끝이 나겠죠."

내가 창가를 막 떠나려 할 때, 한 여자가 모퉁이를 돌아 전속력으로 달려온다. 나는 여자를 알아보고 소름이 돋는다. 투티잖아. 히포 남자 하나가 투티에게 소리를 치며 허공에 총을 쏘고, 투티는 우리 건물 입구로 모습을 감춘다. 내가 들어오게 해 주자 투티는 흐느끼며 나를 향해 무너져 내린다. "모르텐이 죽었어요." 그 말들은 처음에는 내 머릿속에 들어오지 않는다. 투티를 자리에 앉게 하자 그가 신발을 짝짝이로 신은 게 보인다. "어떻게 죽었는데요?" 내가 묻는다. "정말이에요?" 불과 이틀 전에 그를 봤었는데. 투티는 흐느끼는 틈틈이 말을 이어 간다. 그건 빗나간 총알이었다고, 사고였다고, 완전히 무의미한 죽음이라 견딜 수가 없다고. 모르텐은 어느 장교 맞은편에 앉아 있었는데, 그 장교는 소음 장치가 달린 권총 사용법을 그에게 보여 주려던 참이었다. 그런데 갑자기 총이 발사되면서 모르텐의 심장을 정면으로 관통했다고 한다. "그 사람은 겨우 스물두 살이었어요." 투티는 절망에 빠진 눈으로 나를 바라본다. "그 사람 너무 사랑했는데. 이 일을 이겨 낼 수 있을 것 같지가 않아요."

모르텐의 각이 지고 정직한 얼굴이 눈에 선하다. 그의 시도 기억난다. '나는 소년일 때부터 죽음을 알았지.' "그 사람이 그렇게 죽음에 관해 많이 썼던 게 참 이상해요." 내가 말한다. 그러자 마음을 조금 진정시킨 투티가 대답한다. "그러게요. 꼭 자기가 살 수 없으리라는 걸 아는 것처럼 그랬어요."

그날 좀 더 시간이 지나 에스테르와 할프단이 들르고, 그들 역시 충격을 받는다. 나는 할프단이 모르텐과 아주 친했다는 걸 안다. 하지만 내 머릿속을 떠나지 않는 생각은 따로 있다. 같은 일이 에베에게도 일어날 수 있다는 것이다. 이제 그가 얄마르를 만나러 나가는 게 대단히 위험한 일로 느껴지고, 나는 그를 다시 보게 될 때까지 불안에 떤다. 새 아파트로 이사한 우리 부부는 통행금지 시간 동안 리세와 올레를 방문한다. 모든 학생이 1년에 한 번씩 받아야 하는 결핵 검사를 받은 올레는 '폐에 뭔가 있다'는 말을 듣는다. "그것만 아니어도 나도 레지스탕스에 들어가려고 훈련을 받을 텐데." 그가 말한다. 의사는 올레가 몇 달 동안 홀테에 있는 결핵 환자 학생들을 위한 대학에서 지내야 한다고 결론을 내렸다. 리세는 그 갑작스러운 별거에 크게 동요하지 않는다. 이제 리세는 이혼을 미루고 편안하게 변호사를 만날 수 있다.

그리고 5월 5일이 찾아온다. 해방의 날. 거리에는 포석 사이에서 솟아난 듯한 군중이 환호를 보내며 기뻐하고 있다. 모르는 사람들이 서로를 끌어안고, 자유의 노래를 소리쳐 부르고, 레지스탕스 전투원들을 실은 차가 지나갈 때마다 만세를 부르며 환호한다. 에베는 CB 유니폼을 전부 갖춰 입었다. 그에게 무슨 일이 생길지 걱정이 된다. 독일군이 전투 없이 철수할지 그렇지 않을지는 아무도 모르기 때문이다. 위층에 있는 리세와 올레네 집에서는 마지막 폴리무트 술병들이 책상 위에 놓인다. 우리가 다 알지 못하는 많은 사람들이 거기 있다. 우리는 춤을 추고 축하를 하고 즐거운 시간을 보내지만, 이 역사적인 사건은 내 의식 속에 정말로 스며들지는 않는다. 나는 언제나 어떤 일이 일어나고 시간이 지난 뒤에야 그것을 정말로 경험하기 때문이다. 나는 현재를 살아가는 일이 거의 없다. 우리는 등화관제 커튼들을 뜯어내 갈기갈기 찢어질 때까지 짓밟는다. 우리는 행복한 것처럼 행동하고 있지만 사실은 그렇지 않다. 투티는 여전히 모르텐 때문에 슬퍼하고 있고, 리세와 올레는 떨어져 지낼 예정이며, 시네는 우울증이 너무 심해서 침대에서 나오지 못하는 아르네를 막 떠난 참이다. 언제나 남자를, 그러나 잘못된 남자를 찾아 헤매고 있는 나디아는 에베의 형인 카르스텐을 만나 보려고 애쓰고 있다. 나디아는 카르스텐이 하고 있는 코걸이처럼 그에게 잘 어울릴 것이다. 그리고 나는 내가 했던 임신 중단에 대해 늘 생각하고 있다. 그 아이가 지금 살아 있다면 몇 개월이 되었을지 계산하면서. 우리는 각자 어딘가가 조금씩 망가져 있고, 독일군의 점령과 함께 우리의 청춘도 막을 내렸다는 생각이 든다. 아이들 방에서 자고 있던 헬레와 킴이 갑자기 크게 운다. 그 소리가 우리의 대화 너머로 쏟아지자 리세가 아이들 방으로 들어가 노래를 불러서 그 애들을 다시 재운다. 바깥 하늘에서는 봄밤이 빙글빙글 돌아가고, 우아하게 매달린 달은 술에 취해 녹초가 된, 차마 자리를 떠나 집에 가지 못하는 군중들을 지켜본다.

며칠 뒤, 에베가 창백한 얼굴에 홍분을 가득 담은 채 집에 돌아온다. 그는 전에 게슈타포가 본부로 사용했던 다그마르후스에서 조국을 배신한 자들과 나치에 협력한 자들에게 어떤 조치가 취해지고 있는지 말해 준다. 이제 에베는 유니폼을 벗고 민간인의 옷을 입는다. 어느 날 헬레와 함께 베스테르브로 광장에 산책을 나간 나는 한 무리의 무장 해제된 독일군 병사들이 지치고 희망 없는 얼굴로 발을 질질 끌며 대열을 맞추지 못하고 걸어오는 모습을 보게 된다. 무척 젊은 그들 중 일부는 열다섯, 열여섯 살쯤으로밖에 보이지 않는다. 집에 돌아온 나는 그들에 관한 시를 쓴다. 그 시는 이렇게 시작한다.

> 지친 독일 병사들
> 낯선 도시를 터덜거리는
> 서로를 쳐다보지 않는
> 이마에 봄빛을 얹은
> 피로와 주저와 수치
> 낯선 도시의 복판에서
> 점점 패배로 다가서는

어느 날 리세가 우리를 찾아와서는, 올레가 루데르쇼이 기숙사에서 열리는 '결핵 환자들의 무도회'에 젊은 여자들 여럿을 초대하고 있다고 말해 준다. 에베는 자기도 갈 수 없어서 속상해하지만, 이미 남자는 너무 많기 때문에 어쩔 수가 없다. 단편 소설집 작업을 마친 나는 이 초대를 무척 반가워한다. 글을 쓰지 않을 때면 늘 그렇듯, 이제 뭘 해야 할지 모르던 중이었기 때문이다. 리세는 학장 부인의 아들이 자기 어머니를 일찍 잠자리에 들게 하기 위해 거기 올 거라고 말해 준다.

우리가 도착할 때쯤 파티는 한창 진행 중이다. 사람들은 그 지역 밴드의 음악에 맞춰 춤을 추고, 올레는 건강의 화신처럼 보이고, 다른 학생들 중에서도 그보다 상태가 나빠 보이는 사람은 아무도 없다. 가슴이 큰 한 여자가 서둘러 달려오더니 우리를 반겨 준다. 아무래도 학장 부인인 것 같다. 나는 잘 짜인 나무판자로 마루를 깔고 등받이가 높은 의자들이 벽을 따라 늘어선 커다랗고 탁 트인 방에서 여러 남자들과 춤을 춘다. 이 기숙사가 들어가 있는 커다란 공원은 그날 저녁 구름 사이를 흘러가는 흐린 달빛과 그 아래에서 비를 머금은 실안개에 덮여, 녹색을 띤 검은색과 은색으로 물들어 있다. 휴게실 비슷한 공간에는 바가 차려졌다. 카운터와 키 큰 의자들이 설치된 그곳에서는 바텐더가 풀리무트가 아닌 진짜 술을 따르고 있다. 나는 어쩐지 행복하고 자유롭다고 느낀다. 그날 밤이 끝나기 전에 뭔가 특별한 일이 일어날 것 같다는 예감이 든다. 위스키를 마시고 취한 나는 충동적이고 기분 좋은 상태가 된다. 바를 따라 놓인 의자 중 하나에는 시네가 어느 젊은 남자의 무릎에 앉아 있다. 나는 그들 곁에 앉아 배신자처럼 말한다. "당신 말이죠, 번지수가 틀렸어요. 이 여자는 암시장 상인하고 약혼한 사이거든요." 젊은 남자는 마치

작은 먼지라도 되는 것처럼 시네를 무릎에서 털어 낸
다. "시인들이 이렇게 아름다울 수 있다고는 미처 생각
해 보지 못했는데요." 그 남자가 내게 말한다. 그러자
그의 얼굴이 램프 그늘에서 벗어나고, 나는 나도 모르
게 세밀화 화가 같은 관찰력으로 그 얼굴을 샅샅이 들
여다본다. 그는 숱이 줄어들고 있는 불그레한 머리칼과
편안해 보이는 회색 눈을 지녔고, 치아는 너무 삐뚤빼
뚤해서 두 겹으로 난 것처럼 보인다. 알고 보니 그는 학
장 부인의 아들이고, 의학 학위를 받은 상태다. 나는 정
말로 공부를 다 마친 학생을 만났다는 사실에 놀란다.
그는 나와 함께 춤을 추지만, 서로의 발에 걸려 넘어진
우리는 어쩔 수 없이 웃으며 춤추기를 그만둔다. 이제
우리는 공원으로 산책을 나간다. 밤은 청명하고 공기는
촉촉한 실크 같다. 그는 은회색 자작나무 밑에서 내게
키스한다. 그때 갑자기, 밖으로 나온 그의 어머니가 보
랏빛 실크 천에 감싸인 가슴을 출렁이며 두 팔을 휘두
르면서 우리에게 달려온다. "요즘 젊은 사람들이란." 여
자가 숨을 헐떡거린다. 이 여자는 자기 머릿속에 든 것
들을 대체로 감정적인 폭발로 표현하는데, 그런 것들은
늘 그렇듯 반 정도밖에 알아들을 수가 없다. 그때 이 여
자의 아들, 이름이 카를인 그 사람은 자신이 학생들에
게 했던 약속을 기억해 낸다. 자기 어머니를 잠자리에

들게 하겠다던 약속 말이다. 그는 내게 나중에 다시 만나자는 듯 뭐라 중얼거리고는 어머니와 함께 건물 안으로 사라진다.

그러자 파티는 더 방탕해진다. 사람들은 춤을 추고, 술을 마시고, 자기 파트너가 아닌 사람과 밤을 보내고 있다. 그들은 한 쌍씩 차례로 계단을 올라가 사라지더니 다시 나타나지 않는다. 나는 오랜만에 그 어느 때보다도 술에 취하고, 돌아온 카를은 자기 방으로 올라가 조금 눈을 붙이자고 제안한다. 괜찮은 생각 같다. 나는 에베를, 또 그에게 충실하겠다는 약속을 잊어버린 뒤다.

아침이 되어 끔찍한 두통을 느끼며 잠에서 깬 나는 내 곁에서 자고 있는 남자를 힐끗 쳐다본다. 그러고는 이런 치열을 가진 데다 그것들을 숨겨 주지 못하는 앞니 반대 교합까지 있는 그가 상당히 못생겼다는 걸 알아차린다. 나는 그를 깨운 다음 집에 가겠다고 말한다. 짜증이 나고 기운까지 없는 나는 아무 말도 하지 않고 옷을 입는다. 다시는 그를 만나지 않을 것이다. 그가 집에 데려다 줘도 되겠느냐고 묻자 나는 이렇게 대답한다. "괜찮아요. 혼자 가는 게 나을 것 같아요." 나는 엉망이 된 무도회장으로 내려가 바를 따라 늘어선 의자 중 하나에 잠깐 앉는다. 시녜가 펑장히 키가 큰 청년의 뒤에 바짝 붙어 계단을 내려오는데, 남자의 한 손에는 시네의 브래지어가 들려 있다. 시네는 그 남자는 완전히 무시하고 내게로 걸어와 묻는다. "맙소사, 우리 어제 뭘 마신 거죠? 저 사람 너무너무 추했고, 키는 180센티미터가 넘고, 아마 폐도 한쪽밖에 없는 것 같은데." 시네는 브래지어를 낚아채더니 졸린 듯 하품을 하며 사라진다.

나는 그 전쟁터를 떠나 자전거를 타고 집에 있는 에베에게 돌아간다. 내가 밤새 안 들어오는 바람에 그는 몹시 화가 나 있다. "아마 다른 사람이랑 잤겠죠." 그가 말한다. 나는 결백을 주장하지만, 사실 그런 걸 그렇게 중요한 문제로 여긴다는 게 우스꽝스럽다고 생각한다. 훨씬 더 의미 있는 종류의 충실함도 많은데 말이다. 자러 가던 나는 문득 페서리를 삽입하는 걸 잊어버렸다는 걸 알아차린다. 임신 중단을 한 뒤로는 무척 조심해 왔었는데 말이다. 그 걱정은 새로운 생각으로 이어진다. 무슨 일이 생긴다 해도, 최소한 그 남자는 의사니까 지난번보다는 쉬울 거라고.

# 12

"맙소사." 내가 말한다. "그 사람은 앞니 부정교합이 있고 입 속에 이가 서른두 개가 아니라 예순네 개나 있어요. 그리고 난 이게 그 사람 앤지 에베 앤지 모르겠어요. 리세, 나 어떡해야 되죠?"

나는 마루를 불안하게 서성이고, 리세는 이마에 깊은 주름을 두 줄 잡고는 나를 지켜본다. "당신은 그냥 바깥바람을 쐬기만 해도 임신이 되네요." 리세는 한숨을 쉰다. "하지만 그 사람이 의사라면, 지난번에 당신이 겪어야 했던 그 온갖 고생 없이도 지울 수 있지 않겠어요?" "하지만 내가 그 사람을 다시 만나야 할까요?" 내가 묻는다. "그 사람은 너무 못생겼고, 그리고 에베한테는 뭐라고 말하죠? 지금처럼 우리 사이가 좋았던 적은 없었는데요." 리세는 내게 그 남자를 다시 만나 봐야 한다고 참을성 있게 설명한다. 나는 그 남자 어머니에게 전화를 걸어 그가 사는 곳이 어딘지 알아내야 한다. 에베에게 댈 핑계는 많다. 나디아나 에스테르네 집에 간다고, 혹은 우리 부모님 댁에 간다고 하면 그는 의심하지 않을 것이다. 이제 리세와 나는 커피를 마시고, 리세는 자기도 그다지 잘 풀리고 있지 않다고 한다. 리세의 변호사 애인은 결국 아내와 이혼하지 않기로 했지만 여전히 리세와 함께 있고 싶어 한다. "끔찍하지 않나요." 리세가 말한다. "여자 둘을 동시에 만나고 있는 이런 남자들 말이에요. 두 여자 모두 괴로워하고 있는데 남자는 절대 선택이라는 걸 안 하죠." 리세는 짧은 갈색 머리가 뺨에서 떨어지도록 빗어 넘긴다. 리세는 불행해 보이고, 나는 내가 언제나 내 문제들을 리세에게 떠넘기는 것 같아 기분이 안 좋아진다. "글을 쓰고 있지 않을 때면, 난 임신을 하네요." 내 말에 우리는 함께 웃음을 터뜨리고, 내가 무언가를 해야 한다는 데 동의한다. 나는 카를의 주소를 알아내고 그를 찾아가서 이걸 지워 달라고 해야 할 것이다.

다음날, 카를이 내게 직접 전화하더니 조만간 만날

수 있을지 묻는다. 나는 좋다고 하고, 그 다음날 저녁에
그를 찾아가기로 한다. 카를은 생화학 연구소에서 살면
서 거기서 일도 한다. 그는 과학자다. 나는 에베에게 나
디아네 집에 다녀오겠다고 하고는 자전거를 타고 어스
름 속을 달려 뇌레 알레로 간다. 그곳의 나무들은 그림
처럼 가만히 서 있다. 여름이고, 나는 시네에게서 산 흰
색 면 원피스를 입고 있다. 카를의 방은 여느 대학생의
방처럼 보인다. 침대 하나, 테이블 하나, 의자 몇 개, 책
들로 가득한 선반 몇 개. 그가 샌드위치와 맥주, 그리
고 슈냅스를 사다 놓았지만 나는 아무것도 손대지 않
는다. 우리는 테이블에 앉고, 나는 말한다. "나 임신했
어요. 그런데 아버지가 누군지 모르는 아이를 낳고 싶
지는 않아요." "알겠어요." 그는 그에게서 유일하게 호
감 가는 부분인 진중한 회색 눈으로 나를 바라보며 느
긋하게 이야기한다. "그건 내가 도와줄 수 있어요. 내
일 저녁에 오면 내가 소파술을 해 줄게요." 마치 그 일
이 평소 일과라도 되는 듯 말하는 그는 세상 어떤 일에
도 괴로움을 느끼지 않는 부류의 사람 같다. 안심한 나
는 미소를 짓는다. "마취도 해 주실 수 있나요?" "내가
주사를 놓을 텐데, 그럼 당신은 아무것도 못 느낄 거예
요." 그가 말한다. "주사요? 무슨 주사죠?" "모르핀 아니
면 데메롤이에요." 그가 말한다. "데메롤이 제일 좋죠.

모르핀은 토하는 사람들이 많거든요." 그래서 나는 마음을 가라앉히고, 결국에는 그와 함께 이것저것 먹고 마신다. 생리가 예정보다 늦어진 지 8일밖에 안 됐고, 입덧도 아직 시작되지 않았다. 카를은 작고 여위고 손놀림이 빠른 두 손을 가졌다는 점에서 비고 F.를 약간 떠올리게 한다. 그는 목소리가 좋고 말도 잘한다. 그는 자기가 헤를루프스홀름에 있는 기숙 학교를 다녔고, 어머니는 그가 두 살 때 이혼했으며, 자기가 기억하는 한 늘 어머니가 재혼하기를 바랐다고 이야기한다. 또 자기가 아는 바로는 자기 아버지가 알코올 의존증 환자들을 위한 재활원에 있지만, 가족을 떠난 뒤로는 한 번도 연락한 적이 없다는 이야기도 한다. 이야기를 마친 그는 우리가 만난 뒤로 내가 쓴 모든 글을 읽고 있다고 덧붙인다. 그는 미소를 짓더니 우리가 함께하면 괜찮은 아이를 만들 수 있을 거라고 말한다. 그는 나와 결혼하고 싶어 한다. "난 이미 아주 잘 어울리는 남편이 있고 사랑스러운 딸도 있으니, 지금은 안 되겠네요." 내 말을 들은 그는 수염이 자랐는지 확인하는 것처럼 턱을 문지르며 대답한다. "알겠어요. 어차피 나랑 결혼하는 건 그렇게 좋은 생각은 아닐 거예요." 그러고는 덧붙인다. "내가 좀 미쳐 있다는 걸 말해 둬야 할 것 같네요." 그가 그 말을 너무도 심각한 말투로 하기에, 나는 그게 무슨 뜻인지 묻는다. 하지만 그는 제대로 설명하지 못한다. 그저 막연한 느낌만 갖고 있을 뿐이다. 그는 자기 아버지 쪽 가계에 정신 질환이 많다고, 그리고 어머니도 그렇게 머리가 좋은 편은 아니라고 말한다. 나는 그 말을 웃어넘기고는 더 이상 거기에 대해 생각하지 않는다. 내가 떠날 때, 그는 부드럽게 키스를 하지만 나를 침대로 데려가려고 하지는 않는다. "당신과 사랑에 빠진 것 같아요." 그가 말한다. "하지만 아마 아무 소용없겠죠."

내가 집에 돌아오자 에베는 퇴게르 라르센[25]의 시를 읽으며 파이프를 뻐끔거리고 있다. 에베는 궐련 담배가 암을 유발할 수 있다는 내용의 글을 읽은 뒤로 파이프를 피우기 시작했다. 그는 헬레와 내가 자신의 때 이른 죽음을 겪지 않기를 바란다. 에베는 내게 나디아는 잘 지내느냐고 묻고, 나는 내가 아는 사실을 전한다. 나디아는 코펜하겐대학교에 다니는 학생과 약혼했고, 마치 프레데리크 6세 이전 시대 사람처럼 너무도 반동적인 견해들을 거침없이 내뱉고 다닌다고 말이다. 에베는 킬킬 웃더니 나디아가 결혼을 하고 아이를 낳아야

---

25  1875~1928. 덴마크의 시인, 번역가, 화가

되겠다고 말한다. "우리가 나이를 먹나 봐요." 재떨이에 파이프를 두드리며 그가 말한다. 에베는 스물일곱 살이고, 나는 스물다섯 살이다. "어린 시절을 떠올리면 난 꼭 퇴게르 라르센의 시 속으로 들어간 것 같은 기분이 들어요." 그가 말한다. "이걸 들어 봐요."

기뻐하라, 희미해진 네 청춘의 봄을
꿈속에서 슬쩍 엿보게 된다면.
한 줄기의 은총. 너의 아버지가 가까이 있다
너의 어머니는 부엌에 있다

"우리 어머니는 쉰 살이 넘었지만 난 어머니가 나이 들었다는 생각이 전혀 안 들어요." 그 말을 들은 나는 이의를 제기한다. "우리 어머니는 서른다섯 살인데 난 어머니가 젊다는 생각은 한 번도 못 해 봤어요." 그는 수긍한다. "다르네요." 자기가 나이 들었다면서 그가 하는 말들은 사실 내게는 잘 이해되지 않고, 내가 그에게서 숨겨야 하는 온갖 것들 역시 우리 사이에 거리감을 만들어 낸다. 함께 잠자리에 들 때, 나는 그에게 너무 지쳐서 바로 자야겠다고 말한다. 그러고는 덧붙인다. "내일은 에스테르랑 할프단네 집에 가려고요." 그는 자기도 같이 가고 싶다고 말한다. 그러자 나는 매일같이 리세에게 헬레를 봐 달라고 할 수는 없는데다가, 사실은 당신 어머니도 헬레 보는 일을 별로 좋아하시지는 않는다고 둘러댄다. 대신에 너무 오래 있지는 않겠다고 약속한다.

다음날 저녁, 카를의 연구소로 가는 시가 전차에 앉은 나는 아직 임신이 확실한 건 아니라고 되뇐다. 그저 생리 주기가 불안정한 걸 수도 있고, 그건 그렇게 드문 일이 아니다. 내가 이렇게 되뇌는 건 내가 그 나이를 항상 헤아리게 될 또 하나의 그림자가 헬레 가까이에 불쑥 나타나는 것을 원치 않기 때문이다. 나는 몇몇 여자들이 그저 자궁 내부를 깨끗하게 하려고 긁어내기도 한다는 이야기도 떠올려 본다. 연구소에 도착한 나는 카를이 그 작업을 위해 높은 수술대 하나를 구해 놓은 걸 알게 된다. 방 한가운데 놓인 수술대에는 하얀 시트가 깔려 있다. 카를은 내가 편하도록 자기 베개까지 그 위에 올려놓았다. 하얀 실험실 가운을 입은 그는 손을 씻고 손톱도 문질러 씻으면서 내게 마음을 편히 가지라고 상냥히 말해 준다. 수술대 가까이에 있는 책꽂이에는 뭔가 반짝이는 도구들이 놓여 있다. 손을 다 씻은 그는 세면대 위에 있는 유리 선반에서 주사기 하나를 집어 들고는 투명한 액체를 채우고, 그것을 다른 도구들 가까이에 놓아 둔다. 그러고는 내 팔 위쪽을 고무관으로 묶는다. "조금 따끔할 거예요." 그가 차분하게 속삭인다. "거의 안 느껴질 정도로요." 그는 내 팔꿈치 안쪽을 푸른 혈관이 튀어나올 때까지 가볍게 두드린다. "정맥이 근사한데요." 말을 마친 그가 내게 주사를 놓자, 여태 한 번도 느껴 본 적 없는 충만한 행복감이 몸 전체로 퍼져 나간다. 방은 눈부신 홀처럼 넓어지고, 나는 처음 겪어 보는 엄청난 편안함과 나른함에 둘러싸인다. 행복이 찾아온다. 나는 옆으로 누워 눈을 감는다. "날 가만 놔둬요." 나 자신의 목소리가 마치 여러 겹의 솜을 뚫고 나오는 것처럼 들려온다. "나한테 아무것도 하지 말아요."

잠에서 깼을 때, 카를은 거기 서서 다시 손을 씻고 있다. 여전히 행복감이 남아 있는데, 내가 몸을 움직이면 그게 사라질 거라는 예감도 든다. "이제 일어나서 옷을 입어도 돼요." 그가 손을 닦으며 말한다. "잘 됐어요." 나는 내가 얼마나 행복한지는 말하지 않은 채로 천천히 그의 지시에 따른다. 맥주를 마시고 싶냐고 그가 묻지만 나는 고개를 젓는다. 내게 수분 공급이 좀 필요하다는 말을 듣고서야 나는 그가 꺼내 온 탄산음료를 억지로 마신다. 그는 침대의 내 곁에 앉더니 조심스럽게 내게 키스한다. "아팠어요?" 그가 묻는다. "아뇨." 내가 대답한다. "나한테 주사한 게 뭐였어요?" 내가 묻는다. "데메롤이에요." 그가 대답한다. "진통제의 일종이

의존 **149**

죠." 나는 그의 손을 잡고 내 뺨으로 가져간다. "나 당신하고 사랑에 빠졌나 봐요." 그리고 다시 말한다. "곧 다시 올게요." 그는 행복해 보이고, 그 순간 나는 거의 그가 잘생겼다고까지 생각한다. 그는 평생 동안 변하지 않을 만큼 단단하고 오래 가는 얼굴을 지니고 있다. 에베의 얼굴은 연약하고, 여기저기 흉터가 나 있고, 아마 마흔 살쯤에는 몹시 지쳐 보일 것이다. 그건 이상한 생각이고, 나는 왜 그런 생각이 드는지 이해하지 못한다. "여기 다시 오면 그거 한 번 더 맞아도 돼요?" 나는 천천히 묻는다. 그는 웃음을 터뜨리고는 튀어나온 턱을 문지른다. "그럼요." 그가 말한다. "그게 그렇게 대단하다고 생각한다면요. 당신은 중독자가 될 소질은 없는 것 같아요." 나는 숱이 적고 부드러운 그의 머리칼을 쓰다듬으며 말한다. "당신하고 결혼할 수 있으면 좋겠네요." "당신 남편은 어쩌고요?" 그가 묻는다. "그냥 집에서 나올 거예요. 그리고 헬레도 데려오고요." 시가 전차를 타고 집에 가는 동안 주사의 효과는 천천히 사라지고, 그러자 마치 질척이는 회색 베일이 내 눈에 보이는 모든 것을 뒤덮는 것처럼 느껴진다. 데메롤, 나는 생각한다. 그 이름은 새소리처럼 들린다. 나는 내게 말로 표현하기 힘든 행복을 줄 수 있는 이 남자를 절대 놓치지 않겠다고 다짐한다.

내가 집에 도착하자 에베는 에스테르와 할프단이 잘 지내는지 알고 싶어 하지만, 나는 그저 한 단어로만 대답한다. 무슨 일이 있느냐고 그가 묻자 나는 이가 좀 아프다고 둘러댄다. 침대에 들어간 나는 에베에게 등을 돌린 채 옆으로 눕고, 주사 때문에 조그맣게 솟아오른 팔꿈치 안쪽을 어루만진다. 나는 그 느낌을 다시 경험하고 싶다는 한 가지 생각에만 사로잡혀 있다. 나는 에베나 다른 누구에 대해서도 아무런 신경을 쓸 수가 없다. 오직 카를만이 예외다.

# 2부

# 1

에베가 세상을 떠난 건 그보다 뒤의 일이지만, 내가 그의 얼굴을 되새기려 할 때마다 떠오르는 건 내게 다른 사람이 생겼다고 그에게 말했던 날의 모습이다. 식탁에 앉아 헬레와 함께 식사를 하던 중이었다. 그는 나이프와 포크를 내려놓더니 접시를 밀어냈다. 그의 얼굴은 창백해졌고, 뺨에서는 힘줄 하나가 미세하게 떨리고 있었다. 그게 그가 동요하고 있다는 유일한 신호였다. 그는 의자에서 몸을 일으켜 책꽂이를 향해 걸어가더니 파이프를 꺼내 조심스럽게 속을 채우기 시작했다. 그런 다음에는 마루를 왔다 갔다 하며 맹렬히 파이프를 피웠고, 천장에 해답이 쓰여 있기라도 한 것처럼 그곳을 노려보았다. "이혼하고 싶어요?" 그는 감정이 느껴지지 않는 차분한 목소리로 물었다. "모르겠어요." 내가 말했다. "우선은 헬레하고 내가 이사를 나가서 한동안 살면 돼요. 어쩌면 다시 돌아올 수도 있고요." 에베는 갑자기 파이프를 내려놓더니 헬레를 자기 품에 안아 올렸는데, 그건 그가 거의 하지 않는 행동이었다. "아빠 슬프네." 헬레가 자기 뺨을 그의 뺨에 가져다 대며 말했다. "아니야." 그는 억지로 미소를 지으며 입을 열었다. "가서 얼른 다 먹으렴." 헬레를 의자에 내려놓은 그는 다시 파이프를 집어든 채 거실을 서성거리기 시작했다. 그러더니 이렇게 말했다. "난 사람들이 왜 무조건 결혼을 하거나 같이 살아야 되는 건지 모르겠어요. 그건 똑같은 사람을 한 세대 동안이나 매일같이 보라고 강요하는 건데, 아무래도 자연스럽지가 않아요. 우리가 그냥 서로를 가끔씩 찾아가서 만나기만 한다면, 어쩌면 상황이 더 나아질지도 모르겠네요. 그 다른 남자, 누구예요?" 그는 나를 쳐다보지 않은 채로 물었다. "의사예요." 내가 말했다. "'결핵 환자들의 무도회'에서 만난 사람이에요." 에베가 다시 자리에 앉자 땀에 흠뻑 젖은 그의 이마가 보였다. 그는 계속 천장을 쳐다보며 말했다. "그 사람이 당신한테 인생에 대한 전망을 보여 줄 수 있을 것 같아요?" 에베는 화가 나면 항상 멍청한 말을 했다. "그게 무슨 뜻인지 잘 모르겠어요." 내가 말했다. "인생에 대한 전망은 사람들이 서로 보여 주고, 보고, 그러는 게 아니라고 생각해요."

우리가 침대에 들어갔을 때 에베는 마지막으로 나를 품에 안았지만, 내가 냉담해졌고 딴 생각을 하고 있다는 걸 그도 알아챘을 것이다. "그래요." 그가 말했다. "당신, 다른 사람하고 사랑에 빠졌군요. 일어날 수 있는 일이고, 우리 모임에서조차 드문 일은 아니죠. 그래도 너무나 비현실적인 느낌이네요. 그리고, 티는 안 내지만 그것 때문에 난 망가지고 있어요. 그러고 보니 그게 내 문제 중 하나예요. 내가 느끼는 걸 표현할 엄두를 못 낸다는 거요. 내가 얼마나 당신을 사랑하는지 티를 냈었다면 아마 이런 일은 없었을 텐데." "에베." 나는 그의 눈꺼풀을 부드럽게 어루만지며 입을 열었다. "우리는 서로를 찾아가서 만날 거고, 어쩌면 당신은 카를을 알게 될지도 몰라요. 어쩌면 우리 모두 친구가 될 수도 있어요." "아니." 그가 갑자기 격한 목소리로 말했다. "그 남자는 꼴도 보기 싫어. 당신하고 헬레만 보고 싶다고." 나는 한쪽 팔꿈치로 내 몸을 받친 채 비스듬히 누워 에베의 잘생긴 얼굴과 거기 어린 부드럽고 연약한 표정을 자세히 살펴보았다. 이 사람한테 진실을 말하면 어떻게 될까? 내가 주사기를 갖고 있던 사람이 아니라 그 주사기에 든 투명한 액체와 사랑에 빠졌다고 말한다면? 하지만 나는 그에게 말하지 않았다. 그 말은 누구에게도 절대 하지 않았다. 비밀을 어른에게 말하면 엉망이 되어 버리던 어린 시절에 그랬던 것처럼. 나는 옆으로 누워 잠을 청했다. 다음날 헬레와 나는 카를이 우리를 위해 구해 놓은 하숙집으로 이사해 들어갔다.

그 집은 나이가 많고 혼자 사는 여자들을 위한 하숙집이었다. 우리 방은 도톰한 사라사 천으로 덮인 고리버들 세공 가구로 채워져 있었다. 등받이 부분에 베개가 부착된 흔들의자 하나와 1880년대에 만들어진 높은 철제 침대 하나, 그리고 작은 여성용 글쓰기 책상 하나가 있었는데, 내 무거운 타자기를 올려놓자 그 책상은 거의 무너져 내릴 뻔했다. 이 허술한 장소에 비하면 헬레는 물론이고 헬레의 작은 아기 침대조차 너무나 튼튼해 보였다. 그 첫날, 뒤집어 놓은 흔들의자로 배 놀이를 하던 헬레는 책상 뒤에 있던, 끔찍할 정도로 보기 흉한 실물 크기의 예수상을 잘근잘근 씹기 시작했다. 헬레는 그때 칼슘 부족 증상을 겪고 있었다. 수녀원을 연상시키는 침묵 속에서 그 애가 내는 어린애 특유의 새된 목소리는 자극적일 만큼 격렬하게 울렸고, 노부인들이 한 명씩 우리 방 문 앞에 나타나더니 조용히 좀 해 달라고 부탁했다. 애초에 내가 이사 와도 좋다는 허락은 어떻게 받은 건지 모르겠다. 다음날 내가 타자기로 글을 쓰기 시작하자 하숙집 전체에 엄청난 소동이 벌어졌고, 역시 노부인인 관리자가 오더니 그런 갖가지 소음을 정말로 꼭 내야 하느냐고 물었다. 그 하숙집에 사는 사람들은 모두 삶에서 물러난 사람들이라고 관리자는 말했다. 가족들로부터도 죽은 사람 취급을 받는 이들이었다. 아무튼 누구도 그들을 찾아오지 않았고, 가족들은 그저 그들이 남겨 뒀을지 모르는 약간의 돈이라도 있으면 그걸 물려받으려고 기다리고 있을 뿐이었다. 나는 그 방에 계속 머무르고 싶었기에 여자의 말을 주의 깊게 들었다. 나는 그곳의 위치도, 그 방 자체도, 창문으로 내다보이는 두 그루의 단풍나무까지도 좋아했다. 두 나무 사이에는 거의 3월이 다 됐는데도 밧줄로 짠 표면이 여전히 눈에 덮여 있는 낡고 해진 해먹이 매달려 있었다. 병약하고 유순한 얼굴에 예쁘고 다정한 두 눈을 가진 여자는 헬레를 안아 올리더니, 아주 조금만 만져도 부서져 버릴 것 같다는 듯이 그 활기찬 아이를 조심조심 무릎에 올려놓았다. 나는 노부인들이 휴식을 취하는 오후 1시에서 3시 사이에는 타자기를 쓰지 않기로 합의했고, 가족들로부터 버림받은 사람들이니 내가 그들을 가끔씩 찾아가 보겠다는 약속도 했다. 내가 그곳에서 함께 시간을 보내기 좋아했던 이들은 귀가 완전히 안 들리지는 않는 부인들, 혹은 이 종착역까지 오게 된 운명 때문에 화를 내거나 비통해하지 않는 부인들이었다. 언제나 그들 중의 한 명은 내가 저녁에 카를을 만나는 동안 헬레를 돌봐 줄 수 있었고, 나는 종종 그렇게 했다. 카를이 일하는 동안, 나는 그의 터키식 긴 의자에 앉아 양 무릎을 세우고 두 팔 위에 턱을 올린 채그를 지켜보았다. 그의 방 여기저기에는 수많은 플라스크와 비커가 나무 스탠드에 꽂혀 있었다. 그는 비커의내용물을 맛보더니 혀로 입술을 훔치며 생각에 잠긴표정을 지었다. 그런 다음 자신이 감지한 것을 큼직한공책에 적어 넣었다. 무엇을 시험하고 있는 거냐는 내물음에 그는 조용히 답했다. "오줌이에요." "웩." 그러자 그는 미소를 지었다. "오줌만큼 멸균된 물질도 없어요." 그는 누군가를 깨우지 않으려고 주의하는 것처럼기묘하리만치 조심스럽게 걸어 다녔고, 책상 스탠드 불빛을 받은 그의 숱 적은 머리칼에는 구릿빛이 어려 있었다. 그는 내가 찾아간 처음 세 번 동안은 매번 주사를놔 주었고, 내가 거기서 방해받지 않고 가만히 누워 몽상에 잠기게 해 주었다. 하지만 네 번째가 되자 그는 말했다. "안 돼요. 우리 좀 쉬는 게 좋겠어요. 알겠지만 이건 사탕이 아니에요." 너무나 실망한 내 두 눈에 눈물이 차올랐다.

에베는 나와 헬레를 찾아올 때면 거의 언제나 취해 있었는데, 그의 얼굴이 너무 멍하고 무방비해 보여서 차마 제대로 쳐다볼 수가 없었다. 창가에 앉아 단풍나무 두 그루를, 그 가지들 위에 드리운 태양과 바람이 잔디 위에 그려 놓은 그림자의 물결을 바라보는 동안, 나는 내가 어떤 남자와도 결혼해서는 안 되는 여자라고 생각했다. 헬레는 에베가 조금 놀아 주자 이렇게 말했다. "아빠는 착해." 헬레는 카를을 좋아하지 않았다. 헬레는 오랜 시간이 지나서야 카를이 자기 몸에 손대는 걸 허락했다.

단편소설집 원고를 송고한 나는 당분간 글을 쓰고 싶다는 욕망을 잃어버린 상태였다. 어떻게 하면 카를이 내게 데메롤 주사를 한 번 더 놔 줄까, 내가 생각할 수 있는 건 오직 그것뿐이었다. 그게 진통제라고 했던 그의 말이 기억났다. 어디가 아프다고 하면 될까? 오래 전에 염증이 생겼지만 치료하지 않고 놔두었던 내 한쪽 귀에서는 가끔씩 진물이 흘러나오곤 했다. 그래서 어느 날, 내가 카를의 침대에 누워 있고, 그가 발끝으로 방 여기저기를 걸어 다니며 가끔씩 나 아니면 자기 자신을 향해 잡담을 늘어놓고 있을 때, 나는 한 손을 내 귀에 대면서 이렇게 말할 수 있었다. "아우, 귀가 너무 아프네." 카를이 와서 침대 위 내 곁에 앉더니 동정심을 담은 목소리로 물었다. "많이 아파요?" 나는 아프다는 듯 얼굴을 찡그렸다. "네, 못 참겠네요." 내가 말했다. "가끔씩 이래요." 그는 내 귓속을 볼 수 있도록 스탠드를 옮겼다. "진물이 나오네요." 그는 놀란 듯했다. "귀전문의한테 진찰을 받겠다고 약속해요." 그는 내 뺨을 어루만지며 말했다. "좀 쉬어요. 내가 주사 한 대 놔 줄게요." 나는 감사한 마음으로 그에게 미소를 지었고, 내 핏속에 스며든 액체는 내가 영영 그곳에서만 존재하고 싶다고 느끼는 차원까지 나를 들어 올려 주었다. 그런 다음 그는 늘 그랬듯 약효가 최고조에 달했을 때 나를 침대로 데려갔다. 그의 포옹은 이상하리만치 짧고 거칠었고, 전희도 없는 데다 부드럽지도 않아서 나는 아무것도 느끼지 못했다. 가볍고 부드럽고 근심 없는 생각들이 내 머릿속을 미끄러져 갔다. 나는 내가 이제 거의 만나지 않게 된 모든 친구들을 따스한 마음으로 떠올렸고, 그들과 대화를 나누고 있다는 몽상에 빠졌다. 리세는 최근 내게 이렇게 말했었다. "어떻게 그 사람하고 사랑에 빠질 수가 있죠?" 내가 대답했다. "다른 사람의 사랑을 이해할 수 있는 사람이 누가 있겠어요?" 나는 거기 두 시간쯤 누워 있었고, 약효가 사라졌고, 이제 그

허허롭고 근심 없는 상태로 돌아가기는 더욱 어려워졌
다. 모든 것이 회색으로 물들고, 질척이고, 추하고, 참
을 수 없는 상태로 되돌아갔다. 내가 작별 인사를 하자
카를은 내 이혼 절차가 언제 마무리되겠느냐고 물었다.
"언제든지요." 나는 그렇게 대답했다. 일단 그와 결혼
하면 그가 내게 주사를 놔 주도록 만드는 일이 훨씬 더
쉬워질 거라는 생각이 들었으니까. "아이 하나 더 낳고
싶지 않아요?" 나를 바래다주려고 계단을 같이 내려가
면서 그가 물었다. "좋죠." 나는 곧바로 대답했다. 아이
는 나를 카를과 더욱 강하게 엮어 줄 것이고, 나는 남은
인생 내내 그와 함께 있고 싶었으니까.

# 2

이혼 과정에서 우리가 전에 살던 아파트를 받은 나는 헬
레와 카를과 함께 그 아파트로 이사해 들어갔다. 에베
는 자기 어머니 집으로 다시 들어갔고, 가끔씩 그가 전
화해서 와 달라고 하면 나는 그곳에 찾아갔다. 그는 카
를과 마주칠지도 모른다는 생각에 다시는 우리 아파트
에 발을 들여놓지 않았다. 하지만 리세와 올레는 우리
를 찾아왔고, 아르네와 시네도 그랬는데, 그 둘은 시네
의 애인인 암시장 상인이 교도소에 수감되는 바람에 다
시 합친 상태였다. 에베와 함께 살던 옛날에는 우리 모
두가 서로를 연락 없이 찾아가는 게 무척 친구다운 일

로 느껴졌었지만, 이제 그런 일이 생기면 정말이지 짜증이 났다. 카를 역시 그 일로 괴로워했다. 내 친구들 모두를 질투하고 있어서였다. 그들이 찾아올 때마다 카를은 그 조용하고 수줍은 미소를 띠고는 거의 아무 말도 없이 앉아 있었다. 어느 날 리세가 조심스럽게 내게 물었다. "그 사람 좀 이상하지 않아요?" 나는 카를이 낮동안 열심히 일을 하느라 저녁에는 지쳐 있다고 무뚝뚝하게 대답했다. "그러면 당신은요?" 리세가 물었다. "당신, 그 사람 만난 뒤로 변했어요. 살도 빠졌고, 더 이상 건강해 보이지도 않는다고요." "이봐요." 화난 목소리로 내가 말했다. "당신은 횡 출신 학생들이 아니면 아무도 좋아하지 않잖아요. 그러더니 이제는 수다스럽고 외향적인 사람이 아니면 전부 다 이상하다고 생각하나 보네요." 리세는 내가 한 그 말에 너무 상처를 받아서 그 뒤로 오랫동안 나와 거리를 두고 지내게 되었다.

카를과 내가 결혼하고 얼마 지나지 않은 어느 날 저녁, 아르네와 시네가 푸짐한 저녁 식사 자리에 우리를 초대했다. 농장을 하는 시네의 가족이 보내 준 돼지 반 마리 덕분에 열리게 된 파티였다. 카를은 안 가겠다고 하면서, 나 역시 집에 있는 게 좋겠다고 했다. 그는 진짜 의도를 절대 드러내지 않는, 예의 그 미안해하는 말투로 말했다. "집중이 필요한 일이 있을 때는 사람들하고 상호작용을 하느라고 과부하가 걸리는 게 안 좋은 것 같아서요." "이 사람들은 내 친구인데요." 내가 항의했다. "내가 그 자리에 가면 안 되는 이유를 모르겠네요." 그러자 그가 다정하게 말했다. "내가 주사 놔 주면 집에 있을래요?" 나는 어안이 벙벙해져서, 그리고 처음으로 약간의 섬뜩함을 느끼면서 말했다. "네, 당연히 그럴게요." 그 다음날 아침, 기분이 너무 나빠진 나는 자리에서 일어나 카를에게 커피를 만들어 줄 수조차 없었다. 햇빛에 두 눈이 화끈거렸고, 입술은 바싹 말라 갈라져서 입을 벌리기가 힘들었다. 피부에 와닿는 침대 시트와 담요의 압박감은 거의 견딜 수 없을 정도였다. 내 눈에 들어오는 모든 것이 추하고 너무 강렬하고 미웠다. 나는 헬레를 확 떠밀고는 그 애에게 화를 냈고, 그 바람에 헬레는 울음을 터뜨렸다. "무슨 일이에요?" 카를이 물었다. "또 귀가 아픈 거예요?" "네." 내가 손을 귀에 가져다 대며 우는 소리를 했다. 나는 필사적으로 생각했다. 하느님, 제발 이 사람이 마지막으로 한 번만 저를 믿게 해 주세요. 주사를 놔 주지 않고 일하러 가 버리지 않게 해 주세요. "내가 좀 볼게요." 그는 다정하게 말하고는 소파술을 하는 데 쓴 도구들을 넣어 둔 벽장 맨 위 선반에서 귀를 검사하는 거울과 작은 손전등을 꺼냈다. "아주 괜찮아 보이는데요." 그가 중얼거렸다. "그리고 당신이 1주일에 두 번씩 귀 전문의한테 가니까 관리는 되고 있을 텐데." 그가 내 귓속을 들여다보는 동안, 나는 눈물이 고이게 하려고 눈을 깜빡이지 않은 채 누워 있었다. "좀 걱정이 되네요." 그가 주사기를 채우면서 말했다. "만약에 계속 이러면 수술을 피할 수 없을지도 몰라요. 팔베 한센이랑 그 얘기를 해 볼게요." 팔베 한센은 카를이 나를 위해 구해 준 귀 전문의였다. "왜 엄마를 바늘로 찔러?" 그 광경을 전에 본 적이 없는 헬레가 물었다. "엄마한테 디프테리아 백신 놔 주는 거야. 네가 맞았던 것처럼." 그가 말했다. "그건 어깨에다 맞는 건데." 헬레가 말했다. "왜 엄마는 팔에다 맞아?" "어른들은 그렇게 하는 거야." 카를이 말했다. 축 늘어지고 아득해지고 평화로워진 상태로, 나는 카를이 커피를 마시고 헬레에게 오트밀을 숟가락으로 떠 주는 모습을 지켜보았다. 나는 나른한 행복감을 느끼며 카를에게 작별 인사를 했지만, 뿌연 머릿속의 아주 깊은 곳은 불안에 갉아 먹히기 시작하고 있었다. 수술이라니! 내 귀에는 아무 문제도 없었다. 그러다 나는 그 문제를 잊어버리고 그대로 누운 채 내가 쓸 장편 소설에 관해 몽상하기 시작했다. 그 소설은 『아이를 위하여』라고 불리게 될 예정이었고, 나는 머릿속으로 그것을 써 내려갔다. 긴 쿠션 의자에 누워 손끝 하나도 움직일 수 없는 무력한 상태로 내 타자기를 바라보는 동안, 머릿속에서는 길고 아름다운 문장들이 흘러 다녔다. 헬레는 내 몸 위를 이리저리 기어다녔다. 아이는 혼자 옷을 입어야 했다. 나는 아이에게 위층으로 올라가 킴에게 가라고, 마당에 나가서 같이 놀라고 했다. 주사의 효과가 사라지자 눈물이 펑펑 쏟아졌고, 여름이 막 시작된 참이었는데도 몸이 덜덜 떨리는 바람에 깃털 이불을 턱까지 끌어올려야 했다. "이건 끔찍해." 나는 허공에 대고 소리 내 말했다. "못 견디겠어." 내가 뭘 해야 할까? 떨리는 두 손으로 어렵사리 옷을 입었더니 옷가지 하나하나가 내 피부를 긁어 댔다. 카를이 집에 와서 주사를 한 대 더 놓아 주도록 그를 부르면 어떨까 싶었다. 내 앞에 놓여 있는 몇 시간이 몇 년처럼 느껴졌고, 살아서 그 시간을 건너갈 수 있을 것 같지 않았다. 그때 심한 복통이 밀려와 나는 화장실로 갔다. 설사를 했고, 그때부터 5분마다 화장실로 뛰어가야 했다.

조금 시간이 지나자 기분이 약간 나아졌다. 나는 심지어 타자기 앞에 앉아 오랫동안 내 머릿속을 괴롭히던 그 장편 소설을 쓰기 시작하기까지 했다. 하지만 단어들은 평소처럼 쉽게 떠오르지도 이어지지도 않았고, 생각을 주제에 집중하는 것조차 힘이 들었다. 나는 카를이 집에 올 때까지 얼마나 남았는지 보려고 계속 시계를 들여다보았다.

정오쯤 되었을 때 욘이 집에 찾아왔다. 카를의 친구였던 그는 결핵에 걸린 의대생으로 내 시어머니가 있는 루데르쇼이에 살고 있었다. 나는 그를 좋아하지 않았다. 그는 우리 집에 올 때마다 집 안 한구석에 앉아서는, 그 커다란 두 눈으로 엑스레이 찍듯 나를 빤히 들여다보곤 했던 것이다. 마치 반드시 풀어야만 하는 난제를 마주한 것처럼. 그와 카를은 보통 내 머리로는 이해할 수 없는 과학적인 질문들을 나눴고, 나는 그때껏 그와 둘이서만 있어 본 적이 없었다. "잠깐만 시간을 내주실 수 있을까요? 드릴 말씀이 있어서요." 욘이 엄숙하게 말했다. 그를 들어오게 하는 동안 내 심장은 이상하고 막연한 두려움으로 크게 뛰기 시작했다. 욘은 내 책상에 딸린 의자에 앉았고, 나는 터키식 긴 의자에 앉았다. 크고 네모진 얼굴, 넓은 어깨, 길쭉하고도 구부정한 몸통을 지닌 그는 자리에 앉으면 키가 커 보였다. 하지만 그의 다리는 짧았고, 일어서 있을 때도 별로 길어 보이지 않았다. 그와 카를은 전에 레겐센 기숙사에서 같이 지내면서 서로의 논문 집필을 도와준 사이였다. 욘은 한동안 말없이 앉은 채 마치 추위를 타는 것처럼 커다란 두 손을 비비기만 했고, 그의 꿰뚫어 보는 듯한 시선을 견딜 수 없었던 나는 마룻바닥만 내려다보았다.

그가 입을 열었다. "카를이 걱정돼서요. 그리고 어쩌면 당신도요." "왜요?" 내가 경계하며 말했다. "우린 잘 지내고 있는데요." 욘은 나와 눈을 마주치려고 몸을 굽혔고, 나는 두려움 어린 완강한 시선으로 그를 마주보았다. "카를이 당신한테 자기가 1년 전에 시설에 수용됐었다는 이야기 한 적 있나요?" "무슨 시설에 수용됐었는데요?" 나는 불안해하며 말했다. "정신과 병동에요." 욘이 말했다. "카를한테 정신증이 있었거든요." "좀 알아들을 수 있게 말해 주실래요?" 나는 초조해하며 물었다. "정신증이 뭔데요?" "일시적인 정신 질환이에요." 욘이 의자에 뒤로 기대며 말했다. "3개월간 지속됐어요." 나는 억지로 웃은 뒤에 입을 열었다. "지금 카를이 미쳤다고 하시는 거예요? 미친 사람들은 감금되죠. 무서운 사람들이니까요. 하지만 난 카를이 무섭지 않은걸요." 욘은 사람을 불안하게 만드는 시선을 내게서 떼고는 마당에서 놀고 있는 아이들을 내다보았다. "문제가 좀 있어요." 욘이 말했다. "카를의 증세가 다시 나타나고 있다는 느낌이 들거든요." 내가 왜냐고 묻자, 욘은 카를이 최근에 다른 일을 모두 손에서 놓고 오직 귓병에 관해서만 연구하고 있다고 했다. 연구소에는 귀 구조와 귓병에 관한 교재들이 쌓여 있고, 카를은 귀 전문의가 되려는 것처럼 그것들을 자세히 들여다보고 있다고. "그건 정상이 아니에요." 욘이 단호하게 말했다. "단지 당신이 가끔씩 귀가 좀 아프다고 해서? 다른 사람이었다면 누구든 귀 전문의한테 문제를 맡기고, 그 전문의가 적절한 조치를 취할 거라고 믿을걸요." "하지만 그 사람은 저한테 마음을 많이 쓰거든요." 이 말을 하는데 얼굴이 빨개지는 게 느껴졌다. "저한테 마음을 많이 쓰고, 제가 낫도록 도우려고 해요. 그게 다예요." 나는 장의사처럼 심각한 욘의 표정을 비웃었다. "이러고도 친구신가요?" 내가 말했다. "자기 친구 아내한테 달려와서는, 친구가 완전히 미친 사람 그 자체라고 말을 하시네요." "그런 뜻으로 드리는 말씀이 전혀 아니고요." 욘이 우물쭈물하며 말했다. "그냥, 카를의 사촌 세 명이 정신 병원에 수용돼 있다는 건 아셔야 될 것 같아서요. 카를하고 아이를 갖는 건 추천 드리고 싶지가 않네요." 그가 그 말을 하는 순간, 나는 생리가 며칠째 늦어지고 있음을 깨닫는다. "음, 혹시 아세요?" 내가 말한다. "그런 경고를 하시기엔 너무 늦은 것 같은데요. 저 임신한 것 같거든요." 그 생각을 하자 행복해진다. 나는 욘에게 맥주나 커피 한잔 하겠느냐고 묻는다. 그의 말을 더 이상 듣고 싶지 않아서다. 하지만 그는 아무것도 원하지 않는다고, 강의를 들으러 가야 한다고 말한다. 나는 문까지 그를 따라 나가고, 그는 내게 손을 내밀어 악수를 한다. 그건 내 친구들과 나는 절대 하지 않는 행동이다. "저 며칠 뒤에 아운스트루프에 들어가게 됐어요." 그가 말한다. "한쪽 폐를 못 쓰게 돼서 떼어 내려고요. 저 같은 사람에게는 건강이라는 게 당연한 게 아니에요." 그는 떠나기 전에 다시금 잠깐 동안 망설인다. "그리고 당신도, 예전만큼 괜찮아 보이지는 않아요." 꼭 리세처럼, 그 역시 그렇게 말한다. "제대로 드시고는 있는 건가요?" 나는 그렇다고 그에게 단언한다. 마침내 그가 떠나자 숨쉬기가 다시 편해진다. 욘이 부탁하지는 않았지만, 나는 그가 왔던 걸 카를에게는 말하지 않기로 마음먹는다.

카를이 집에 오자 나는 그에게 아마도 임신한 것 같다고 말했다. 그는 기뻐하면서 시 외곽에 우리가 살 집을 지을 계획을 말해 주었다. 그만한 돈이 우리에게 있느냐고 내가 묻자, 카를은 곧 거액의 보조금이 들어올 것 같다고 대답했다. 그러면 우리는 우리 집에서 살 수 있고, 작업에 집중할 수 있으며, 그렇게 많은 사람들을 만나지 않아도 되고, 아무데도 가지 않아도 된다. 그건 무척 멋진 이야기 같았다. 이제 나 역시 우리가 남들의 간섭을 받지 않고 살아야겠다고 생각하기 시작했던 것이다. 그가 내 귀에 관해 묻기에 나는 이제 통증이 사라졌다고 했다. 욘이 찾아온 일 때문에 겁에 질려 있었던 것이다. 잠시 후, 나는 임신을 하면 늘 잠자는 데 문제가 생긴다고 말했다. 왜 그런 말이 나오는지 나 자신도 알아차리지 못했다. 카를은 턱을 문지르며 그 말에 대해 생각했다. "이렇게 해 보면 어떨까요." 그가 말했다. "내가 클로랄 수화물을 좀 줄게요. 좋은 진정제고 부작용도 거의 없거든요. 맛은 좀 끔찍하지만, 그냥 우유에 타서 마시면 돼요."

다음날 그는 커다란 갈색 약병 하나를 가지고 집에 왔다. "내가 따라 주는 게 낫겠어요." 그가 말했다. "너무 많이 마시기가 쉽거든요." 그것을 마시고 몇 분이 지나자 정말 기분이 좋아졌지만, 데메롤을 맞았을 때만큼은 아니었다. 그보다는 술을 너무 많이 마셨을 때와 비슷했다. 나는 우리의 집에 대해, 어떤 가구들로 그곳을 꾸밀지에 대해, 그리고 우리가 낳을 아기에 대해 실없는 이야기를 떠들어 대다가 잠이 들었고, 다음날 아침이 되어서야 깨어났다. "나, 그거 밤마다 마셔도 될까요?" 내가 물었다. "네, 물론이에요." 그가 말했다. "그건 전혀 나쁠 게 없거든요." 그러더니 그는 무슨 생각인가를 떠올렸다. "귀 뒤쪽 좀 만져 볼게요." 그가 내 두개골을 누르며 말했다. "이러면 아파요?" 그가 물었다. "네." 나는 대답했다. 카를을 향한 거짓말은 이제 그만둘 수 없는 습관이 되었다. 그는 생각에 잠겨 윗입술을 깨물었다. "아무래도 팔베 한센이랑 그 수술 이야기를 해 봐야겠어요." 그가 말했다. 나는 그 수술을 할 때 데메롤로 마취를 하느냐고 물었다. 그는 아니라고, 하지만 수술이 끝나면 통증을 완화시켜야 하니까 원하는 만큼 얼마든지 맞아도 된다고 했다. 그가 나가자 나는 욕실로 가서 거울 속의 내 얼굴을 한참 노려보았다. 정말이었다. 나는 괜찮아 보이지 않았다. 얼굴은 쑥 들어가 있었고, 피부는 건조하고 거칠었다. "궁금해." 나는 거울에 비친 나를 향해 말했다. "우리 둘 중에 누가 미친 건지." 그런 다음 타자기 앞에 앉았다. 그것이 점점 더 불확실해지기만 하는 세상에 남아 있는 내 유일한 희망이었다. 글을 쓰는 동안 나는 생각했다. 나는 데메롤이라면 전부 다 원한다고. 그리고 그 낙원에 들어가기 위해서는 수술을 해야 한다고 해도, 그런 것따윈 하나도 중요하지 않다고.

# 3

하지만 의사는 수술을 해 주지 않으려 했다. 지난번에
엑스레이 촬영을 마친 나는 카를과 함께 그가 최근에
구입한 오토바이를 타고 병원으로 갔다. 뒤쪽이 오리
꽁무니처럼 불쑥 튀어나온 가죽 재킷을 입은 카를은
팔베 한센 곁으로 가 섰다. 그는 손에 헬멧을 든 채 의
사가 걸어 둔 그림들을 하나씩 빤히 들여다보았다. "비
정상인 데는 전혀 없습니다." 팔베 한센이 말했다. 나는
걸어가 카를 곁에 섰고, 귀 전문의는 말하는 내내 차가
운 표정이 어린 회색 눈으로 나를 노려보았다. "통증이
있다면 류머티즘 때문일 텐데, 그건 어쩔 수 없어요."

그가 천천히 말했다. "보통은 저절로 사라지죠." 그러자 카를이 뼈, 추골, 침골, 등골 그리고 뭔지 모를 것들에 대해 말했고, 그러는 동안 나는 내 발밑의 땅이 불타는 듯한 기분에 사로잡혔다. 이 남자는 내가 거짓말을 하고 있다는 걸 알고 있었다. 팔베 한센의 태도는 더욱 더 냉랭해졌다. "그 정도로 수술을 해 줄 의사는 아무도 없을 겁니다." 그는 심란한 표정으로 책상 앞에 앉으며 말했다. "아내분 귀는 모든 면에서 건강합니다. 진물이 나오지 않게 해 드렸으니 아내분은 더 이상 저를 만나러 오실 필요가 없어요."

"걱정하지 말아요." 병원 구내를 걸어 돌아올 때 카를이 다정하게 말했다. "통증이 계속되면 수술을 해 줄 다른 의사를 찾아보면 돼요." 아마도 의사와의 대화가 그에게 정말로 깊은 인상을 남겼는지, 우리가 집에 도착하자 그는 이렇게 말했다. "메타돈이라는 알약 처방전을 써 줄게요. 강력한 진통제인데, 그게 있으면 내가 집에 있으나 없으나 크게 상관없을 거예요." 그는 내 타자 용지를 한 장 꺼내 처방전을 쓴 다음 가장자리를 조심스럽게 오렸다. 그러고는 미소를 지으며 자신의 작품을 바라보았다. 그는 말했다. "약간 날조한 것처럼 보이는데. 만약에 약국에서 확인을 해 보겠다고 하면 그냥 내 연구소 전화번호를 주면 돼요." "날조라니 무슨 뜻이에요?" 내가 물었다. "당신이 직접 쓴 것처럼 보인다고요." 카를이 킬킬 웃었다. "어떤 진짜 중독자들은 그렇게 하거든요." 그는 종종 나와 비교하기 위해 '진짜 중독자'라는 표현을 썼다. 그러자 내가 전에 진짜 중독자를 본 적이 있는 것 같다는 생각이 떠올랐다. 나는 카를에게, 내가 '낙태 라우리트'의 대기실에 앉아 있을 때 어떤 여자가 줄기차게 왔다 갔다 걸어 다니다가 진료실에 먼저 들어가게 해 달라고 애원했던 일을 이야기해 주었다. 불과 몇 분 뒤에 밖으로 나온 그 여자는 완전히 달라져서 말수가 많아졌고, 활기가 넘쳤고, 두 눈은 빛나고 있었다고. "맞아요." 카를이 말했다. "아마 그 사람은 진짜 중독자였을 거예요." 혼자 있을 때, 나는 처방전을 조금 더 주의 깊게 들여다보았다. 카를의 말이 맞았다. 누구라도 쓸 수 있는 처방전이었다. 나는 약국으로 가서 알약을 받았다. 집에 와서는 약효가 어떤지 보려고 그걸 곧바로 복용했다. 어쩌면 그 약이 내 울렁거리는 속을 달래 줄지도 몰랐다. 토요일 오후였다. 일이 일찍 끝난 리세가 킴을 데리러 왔다. 킴은 거의 매일 헬레와 함께 놀았다. 리세가 내게 카를이 이상하지 않냐고 물었던 날 이후로 우리의 관계는 냉담해졌지만, 나는 리세에게 잠깐만 있다 가라고 했다. 옛날처럼 리세와 수다를 떨고 싶었다. 나는 나 자신이 행복하고 긍정적이고 남을 잘 챙겨 주는 사람처럼 느껴졌고, 리세는 내 옛날 자아를 다시 만나게 돼서 기쁘다고 했다. "그건 내가 지금 글을 쓰고 있어서 그래요." 내가 말했다. "나한테 정말로 효과가 있는 건 그것밖에 없어요." 나는 커피를 만들었고, 우리는 그것을 함께 마셨다. 나는 리세에게 어떻게 지내는지 물었다. 리세에게 너무 오랫동안 소홀했다는 사실에 죄책감을 느꼈던 것이다. "별로 안 좋아요." 리세가 말했다. "결혼한 남자들은 다 쓰레긴데도, 난 그 사람한테서 벗어날 수가 없네요." 올레는 질투 때문에 노이로제에 걸려서 작스 야콥젠이라는 정신 분석 전문의를 찾아갔는데, 리세는 그 의사가 무능하다고 생각했다. 이를테면 지난 일요일 아침, 리세는 그날따라 아픈 킴을 위해서 맛있는 롤빵들을 샀는데, 올레가 그걸 가지고 엄청난 소동을 피운 일이 있었다. 그 다음날 작스 야콥젠이 리세의 직장으로 전화를 걸었다. 독일인이었던 그 여자는 이렇게 말했다고 한다. "음, 남편분한테는 도흐[26] 자기 몫의 따뜻한 롤빵이 필요해요." 그 이야기를 하며 실컷 웃는 동안 우리의 옛 우정은 조용히 회복되었다. 마찬가지로 리세에게 뭔

---

26    doch. 독일어로 '어쨌거나'라는 뜻이다.

가 사적인 이야기를 하고 싶었던 나는 카를이 내 귀에 집착하면서 내가 수술을 받을 수 있도록 노력하고 있다는 이야기를 들려주었다. "그건 끔찍한데요." 리세는 눈에 띌 정도로 섬뜩해하며 말했다. "그 수술 받지 말아요, 토베. 그런 수술 받다가 귀가 안 들리게 될 수도 있어요. 우리 이모 한 분도 그랬어요. 그리고 당신은 카를을 만나기 전에는 귀가 아팠던 적이 한 번도 없잖아요." "없죠." 내가 말했다. "하지만 지금은 가끔씩 아파요." 그때 카를이 며칠 전에 받았던 중요한 편지가 떠올랐다. 스켈스쾨르에 사는 한 여자가 보낸 그 편지에는 자기가 한 달쯤 뒤에 카를의 아이를 낳게 될 것이고, 그 전에는 종양인 줄 알았던 까닭에 미리 알려 주지 못했다는 내용이 담겨 있었다. 여자는 자기 가족이 남의 이목을 몹시 신경 쓰기 때문에 아기는 입양을 보내게 될 것 같다고 했다. 카를은 그 아기를 우리가 입양하자고 내게 제안했었고, 나는 미적지근하게 동의했다. 아이가 하나 더 있거나 없거나 큰 차이는 없을 것 같아서였다. 게다가—나는 이 말은 리세에게 하지 않았지만—내가 그의 아이를 입양하면 그는 나를 떠나기가 매우 어려워질 거였다. "그거 좋은 생각 같네요." 나디아와 마찬가지로 사람들을 구하고, 돕고, 그들의 짐을 덜어 주는 걸 좋아하는 리세가 말했다. "새 집으로 이사하면 공간도 많이 남을 테고요." "그럼 그렇게 할게요." 나는 마치 숲속에서 산책하는 일에 관해 이야기하듯 대답했다. "그리고 카를이 집안일을 도와주겠다고 약속도 했거든요. 내가 글을 쓰면서 아이 셋을 돌볼 수는 없으니까요." 리세는 그것도 맞는 말이라고 했다. "그럼 요리를 대신 해 줄 사람도 있어야겠네요." 리세는 앞니를 멍하니 집게손가락으로 두드리면서 말을 이어 갔다. "그거, 필요해요. 당신이 얼마나 말랐는지 좀 봐요." 그런 다음 리세는 마당에서 킴을 데려와 집으로 돌아갔다. 나는 욕실로 가서 알약 두 알을 더 먹고는 글을 쓰려고 자리에 앉았다. 그러자 기억나지 않을 정도로 오랜만에, 꼭 옛날에 그랬던 것처럼, 단어들이 저절로 흘러나왔다. 나는 내 마음을 평화롭게 만들어 준, 욕실의 약병 안에 들어 있는 그것을 포함해 주위의 모든 것을 잊었다.

1945년 10월, 우리는 국립병원에서 갓 태어난 여자아이를 집에 데려왔다. 아이는 아주 작았고, 몸무게는 2.3킬로그램에 불과했다. 머리칼은 붉었고 긴 속눈썹은 금빛이었다. 그날 나는 약을 네 알 먹었는데, 약효가 더 이상 예전만큼 강하지 않아서였다. 나는 신생아를 다시 품에 안아 보는 일이 멋지다고 생각했고, 이 아이를 내 아이처럼 사랑하겠다고 나 자신과 약속했다. 아이는 밤낮없이 세 시간마다 분유를 한 병씩 먹어야 했으므로 밤에는 카를이 일어나 수유를 했다. 나는 클로랄 수화물을 마시고 자면 중간에 일어날 수가 없었던 것이다. 갓난아기를 보러 온 우리 어머니는 아기 침대 안을 힐끗 보고는 이렇게 말했다. "글쎄, 예쁘다고 말하기는 어렵구나." 어머니는 꼭 필요한 수보다 많은 아이들을 떠맡으려 하는 내 행동을 미친 짓이라고 여겼다. 시어머니도 찾아왔다. 시어머니는 감정이 격해져서 거의 기절하기 직전이었다. "오 하느님." 두 손을 가슴에 얹으며 시어머니가 말했다. "애가 카를을 너무나 많이 닮았네." 그러더니 시어머니는 자기 요리사가 어쩌다가 그만 두고 떠나 버렸는지, 새 요리사를 찾는 일이 얼마나 어려운지에 관해 길게 말을 이었다. 시어머니는 언제나 요리사들과 문제가 있었다. "몸이 후끈거리는 것처럼 느껴지는데 어떻게 해야 할까?" 자기 어머니가 찾아오는 걸 참아 내기 위해 매번 술에 취해야만 하는 아들에게 시어머니가 물었다. 카를은 미소를 지었다. "그거 괜찮은 일 같은데요. 이번 여름이 좀 심하게 서늘하다는 걸 생각해 보면요." 카를은 자기 어머니를 진지하게 대한 적이 없었고, 어머니가 키스하려고 다가가면 포옹을 피하려고 껑충 뛰어올랐다. 마지막 순간에는 어머니가 키스할 수 있게 뺨을 돌리긴 했지만. 시어머니가 찾아올 때면 카를은 내 팔의 바늘 자국을 가리려고 내게 늘 긴

소매 원피스를 입게 했다. "그렇게 큰 문제는 아니지만." 그는 그렇게 말했다. "보기에 썩 좋지도 않으니까요."

야베가 우리 집에 입주해 일하게 됐고, 당분간 아이들 방에서 자게 됐다. 그레노 출신인 야베의 원래 이름은 야콥센 양인데, 헬레가 야베라고 부르는 바람에 나머지 우리도 그렇게 부르게 됐다. 야베는 덩치가 크고, 힘이 세고, 솜씨가 좋은 여자로 아이들을 무척 좋아했다. 얼굴은 순진하고 믿음직해 보였고, 튀어나온 두 눈은 마치 쉬지 않고 감동의 눈물을 흘리기라도 한 것처럼 언제나 약간씩 젖어 있었다. 야베는 일찍 일어나 아침 식사로 먹을 롤빵을 구웠고, 카를이 내 곁에서 자고 있는 동안 침대로 그것을 가져다 주었다. "드셔야 해요." 야베가 말했다. "너무 마르셨어요." 음식을 만들어 가져다주는 사람이 생기자 내 식욕은 조금 나아졌다. 모든 것이 괜찮아지고 있었다. 메타돈이 잘 들어서 주사는 가끔 한 번씩만 맞아도 괜찮았다. 에베는 술에 취하면 내게 자주 전화를 걸었다. 그는 빅토르와 함께 술집들을 헤매고 다녔다고 했다. 빅토르는 내 친구 중에 많은 이들이 아는 사람이었지만 나는 한 번도 그를 만나본 적이 없었고, 에베는 내가 그 빅토르라는 사람을 만나 보기를 진심으로 바랐다. 하지만 내가 에베를 만나러 가겠다고 말할 때마다 카를은 주사기를 꺼냈고,

그 특유의 거칠고 무신경한 방식으로 나와 관계를 가졌다. "난 수동적인 여자가 좋아요." 카를은 그렇게 말했다. 그러나 카를은 에베가 자기 딸을 만날 권리가 있다는 사실은 인정했다. 그 뒤로 우리는 내가 헬레를 가끔씩 에베 어머니네 집에 데려다주고, 방문이 끝나면 에베 어머니가 다시 우리 집에 헬레를 데려다주는 것으로 정리를 했다.

나는 엔헤우바이에 있는 어느 병원에서 미샤엘을 낳았고, 카를은 아이가 세상에 나오는 걸 도와주었다. 내가 신생아를 품에 안고 개인실에 누워 있는 동안 그는 내게 주사를 한 대 놓았고, 그대로 내 침대 곁에 오랫동안 앉아서 곧바로 아기 침대에 다시 들어간 자기 아이를 살펴보았다. "얘는 엄청난 아이가 될 거예요." 그는 자랑스레 말했다. "예술가와 과학자의 아들이라니, 훌륭한 조합이죠." "집이 얼른 다 지어졌으면 좋겠어요." 익숙한 감미로움이 내 몸 구석구석까지 퍼지는 동안 나는 나른한 목소리로 대답했다. "우린 언제나 함께 있을 거예요." 확신이 담긴 목소리로 카를이 말했다. "다른 사람들하고는 다를 거예요. 비고 F.나 에베는 나처럼 당신을 이해하지 못했어요."

잠깐의 시간이 지나고, 우리는 겐토프테시의 에발스바켄에 지어 놓은 집으로 이사했다. 우리가 주문한

대로 지어진 2층짜리 벽돌집이었다. 1층에는 아이들의 방, 가정부의 방, 다이닝 룸, 욕실과 부엌이 있었다. 위층에는 카를과 내 방이 하나씩 있었다. 내 방은 큼직하고 밝았고, 책상에 앉으면 잔디 위에 과일나무들이 여럿 서 있는 아름다운 정원이 내려다보였다. 카를은 일요일 아침마다 정원 잔디를 깎았다. 그해 여름은 비교적 행복했다. 우리는 안락한 환경을 만들어 우리 삶을 둘러쌌는데, 그것은 내가 언제나 가슴 깊이 품어 왔던 꿈이었다. 나는 내가 버는 돈은 모두 카를에게 주었고, 카를은 내가 아는 한 솜씨 있고 알뜰하게 우리의 재정을 관리했다. 하지만 그해 가을의 어느 날, 내가 메타돈 처방전을 새로 써달라고 하자 그는 그 특유의 조심스럽고도 머뭇거리는 듯한 걸음걸이로 마루를 서성이면서 말했다. "며칠 동안만 쉬죠. 약을 너무 많이 하고 있는 것 같아 걱정이 돼서요." 몇 시간이 지나자 내 몸은 심하게 힘들어졌다. 전에도 몇 번 겪은 증상이었다. 몸이 떨리고 땀이 나고 설사가 시작됐다. 거기에 더해 심각한 불안에 사로잡히기도 했는데, 그럴 때마다 공황 상태에 빠져 심장이 미친 듯이 뛰었다. 나는 그 알약을 먹는 수밖에 없다는 걸 알았고, 이내 약을 구할 방법을 찾아냈다. 카를이 옛날에 써 준 처방전 한 장을 어떤 이유에선지 보관해 두었던 나는 그것을 재빠르게 베껴 썼다. 의심할 줄 모르는 야베를 약국에 보내자, 야베는 마치 아스피린 한 병을 가져 오듯이 그 알약을 가지고 돌아왔다. 다섯인가 여섯 알을 먹고 나서―처음에 두 알이 냈던 것과 같은 효과를 내려면 이제 그만큼은 먹어야 했다―나는 희미한 환멸을 느꼈고, 내가 태어나서 처음으로 범죄라 할 만한 일을 저질렀다는 걸 깨달았다. 나는 다시는 그런 짓을 하지 않기로 결심했다. 하지만 그 결심을 지키지는 못했다. 우리는 그 집에서 5년 동안 살았고, 그 대부분의 시간 동안 나는 중독자였다.

# 4

그 저녁 식사 모임에 가지 않았더라면 나는 귀 수술을 받
지 않았을 것이고, 아마 그 뒤로 많은 것이 달라졌을 것이
다. 그때는 카를이 내게 가끔 한 번씩만 주사를 놔 주
던 시기였다. 나는 계속 메타돈에 취해 있었고, 두 팔에
난 바늘 자국들은 희미해지고 있었다. 데메롤에 대한
갈망 역시 희미해지는 중이었다. 그 갈망이 다시 고개
를 들 때마다 나는 그 약의 영향 아래에서 글을 쓸 수는
없다는 사실을 떠올렸고, 그렇게 새 장편 소설 작업에
완전히 몰두했다. 에발스바켄에서의 삶은 거의 정상에
가까워졌다. 낮 동안 나는 제법 많은 시간을 야베와 아

이들과 함께 보냈다. 저녁이 되어 식사를 하고 나면 카를과 나는 내 방으로 올라가 커피를 마셨다. 카를은 별로 말을 하지 않고 자기 과학책들을 읽었다. 우리 사이에는 이상하게 텅 빈 상태가 펼쳐져 있었고, 나는 우리가 대화를 나눌 수 없다는 걸 깨달았다. 카를은 문학에 전혀 관심이 없었고, 자기 전공 말고는 어떤 것에도 관심이 없어 보였다. 고르지 않은 치아 사이에 파이프를 문 그는 아래턱이 얼굴 전체를 지탱하고 있는 것처럼 보일 정도로 턱을 내민 채로 앉아 있었다. 가끔 그는 읽고 있던 책에서 눈을 들고는 수줍게 미소 지으며 말하곤 했다. "음, 토베, 잘하고 있어요?" 그는 다른 남자들처럼 자신의 어린 시절에 대해 이야기하는 법이 없었고, 내가 물어봐도 그 시절을 전혀 기억하지 못하는 듯 공허하고 의미 없는 대답만 했다. 나는 종종 에베가 저녁 때면 늘어놓던 장황한 이야기를, 그가 독일어로 낭독하던 릴케의 시들을, 회루프를 인용했던 극적인 연설 대목들을 떠올렸다. 가끔 한번씩 우리 집에 찾아오는 리세는 에베가 나를 잃은 것 때문에 여전히 슬퍼하고 있으며, 학위 공부를 하는 대신 빅토르와 함께 토칸텐 술집을 비롯한 여러 곳들을 돌아다닌다고 말해 주었다.

　에스테르와 할프단 역시 카를이 집에 없을 때면 가끔씩 들렀다. 그들은 마테우스가데에 있는 아파트에 살았다. 헬레보다 한 살 어린 딸이 있는 그들은 믿을 수 없을 만큼 가난했다. 그들은 내게 왜 옛 친구들을 전부 버렸느냐고, 왜 더 이상 클럽에 나오지 않느냐고 물었다. 나는 내가 바쁘기도 하고, 사람들과 너무 어울리는 게 예술가에게 좋기만 한 일은 아니라고 대답했다. 그러자 에스테르가 슬프게 미소 지으며 말했다. "우리가 네켈후세트에서 보낸 시간은 다 잊어버렸나요?" 사실 나는 고립되어 지내는 게 괴로웠고, 내가 정말로 이야기를 나눌 수 있는 누군가를 몹시 그리워하고 있었다. 나는 덴마크 작가 협회의 회원이었지만, 그곳에서 행사나 모임이 있을 때마다 비고 F.가 내게 전화해서는 거기 갈 거냐고 물어 왔다. 만약 내가 간다면 자기가 그 자리를 피하기 위해서였다. 그래서 나는 한 번도 그런 자리에 나가지 않았다. 나는 또 회원제로 운영되는 국제 펜 클럽의 회원이기도 했다. 그곳의 회장은 나를 가장 열성적으로 지지하는 비평가 중 한 명인 카이 프리스 묄레르였다. 크리스마스를 앞둔 어느 날, 묄레르가 내게 전화를 걸어 자신과 키엘 아벨,[27] 이블린 워[28]와 함

---

27    1901~1961. 덴마크의 극작가, 시나리오 작가, 무대 디자이너

28    1903~1966. 영국의 소설가, 문학 평론가

께 스코우리데르크로엔 식당에서 저녁을 먹지 않겠느
냐고 물었다. 나는 가겠다고 대답했다. 그 셋 모두를 만
나고 싶었던 나는 언제나처럼 카를이 거기 가는 것보
다는 주사를 한 대 맞는 게 낫지 않겠느냐고 물었을 때
처음으로 그 유혹적인 제안을 거절했다. 그러자 카를
은 이상하게 불안해했다. "너무 늦어지면 내가 데리러
갈게요." 그가 말했다. 하지만 나는 틀림없이 혼자 집에
올 수 있으니 그냥 자라고 대답했다. "그럼 팔을 확실히
가려요." 그가 조용히 말했다. "그리고 얼굴에도 크림
같은 것 좀 바르고요." 그는 내 뺨을 손가락으로 문지르
며 몇 마디를 덧붙였다. "당신 피부가 아직도 제법 건조
한데 모르는 것 같아서요."

저녁 식사를 하는 동안 나는 이블린 워 옆에 앉아
있었다. 그는 창백한 얼굴과 호기심 가득한 두 눈을 지
닌, 자그맣고 활기차고 청년 같아 보이는 남자였다. 프
리스 묄레르는 내가 언어 문제로 어려워할 때마다 상
냥하게 도와주었고, 전반적으로 너무도 세심하고 친절
해서 그토록 신랄한 문장을 쓰는 사람이라는 게 믿어
지지 않을 정도였다. 키엘 아벨이 영국에도 이렇게 젊
고 아름다운 여성 작가들이 있느냐고 묻자 이블린 워
는 아니라고 대답했다. 나는 이블린 워에게 무슨 일로
덴마크에 오게 되었냐고 물었고, 그는 기숙학교에 다

니는 자기 아이들이 방학을 맞아 집에 와 있으면 그 애들을 참을 수가 없어서 늘 세계 곳곳으로 여행을 다닌다고 대답했다. 눈에 띄게 부진한 식욕을 변명해야 했던 나는 집에서 나오기 전에 아이들과 함께 식사를 해야만 했다고 말했다. 하지만 나는 술은 엄청나게 마셨고, 오기 전에 메타돈도 한 움큼 삼켰던 터라 행복한 기분으로 길게 이야기를 하면서 두 유명한 남자를 웃고 또 웃게 만들었다. 식당에는 우리 말고는 손님이 거의 없었다. 눈이 내리는 바깥은 너무 조용해서 멀리 바다에 떠 있는 배들의 모터가 털털거리는 소리까지 들릴 정도였다. 그렇게 즐겁게 커피와 코냑을 마시고 있는데, 프리스 묄레르와 키엘 아벨이 갑자기 놀란 표정으로 출구 쪽을 노려보았다. 그쪽으로 등을 돌리고 앉아 있던 나는 그들이 본 것을 보지 못했다. "저 사람 대체 누구죠?" 프리스 묄레르가 냅킨으로 입을 두드리며 말했다. "이쪽으로 오는 것 같은데요." 몸을 돌린 나는 경악했다. 거기에는 카를이 있었다. 높은 가죽 부츠를 신고, 눈 묻은 가죽 재킷을 입고, 한 손에는 헬멧을 들고, 얼굴에는 물감으로 그려 놓은 것 같은 특유의 수줍은 미소를 지으면서 다가오고 있었다. "여기…… 여기는 제 남편이에요." 나는 어쩔 줄 몰라 하며 말했다. 세 명의 우아한 남자들과 함께 있다 보니 그는 차라리 화성인에 가까워 보였다. 그때, 지금껏 다른 사람들과 함께 있는 카를을 한 번도 본 적이 없다는 생각이 떠올랐다. 카를은 내게 똑바로 걸어오더니 소심하게 말했다. "이제 집에 갈 시간이 된 것 같아요." "제 소개를 좀 드려도 될까요?" 프리스 묄레르가 의자를 뒤로 밀고 일어나며 말했다. 카를은 아무 대답도 하지 않은 채 그들 모두와 악수를 했고, 키엘 아벨의 입술에는 빈정거리는 듯한 미소가 어렸다. 나는 화가 나고 비참해진 심정으로 자리에서 일어났다. 당혹스러워서 거의 앞이 보이지 않을 정도였다. 침묵 속에서, 카를은 내가 코트 입는 것을 도와주었다. 밖으로 나온 나는 그를 향해 몸을 돌리고 말했다. "이게 무슨 짓이에요? 데리러 오지 말라고 했잖아요. 당신 때문에 너무 당황스러워요." 하지만 카를과 싸우는 건 불가능한 일이었다. "자려고 했는데, 당신한테 클로랄 수화물을 주지 않고선 잠들 수가 없었어요." 그가 미안한 듯 말했다. 그는 내게 사이드카를 열어 주었고, 그가 해치를 닫는 동안 나는 자리에 앉았다. 집으로 달려오는 동안 나는 너무 창피해서 소리 내 울었다. 나를 나오게 해 주려고 사이드카의 해치를 연 그는 내 눈물을 보더니 소리쳤다. "무슨 일이에요?" 이제 진정한 위로를 받고 싶어진 나는 옛날에 그랬듯 한쪽 귀에 손을 갖다 댔다. "아우." 내가 소리쳤다. "저녁 내내 이쪽 귀가 아팠어요. 왜 이럴까요?" 카를은 진심으로 걱정하는 것처럼 보였다. 하지만 아직 막히지 않은 내 정맥 중 하나에 주사를 놔 주던 그의 눈에는 희미한 승리의 빛이 감돌았다. "팔베 한센이 틀린 것 같더라니." 그가 말했다. 그는 평소보다 훨씬 더 거칠게 나와 관계를 했고, 그 일을 끝마친 나는 축 늘어진 채 행복감에 젖어서는 그의 듬성듬성하고 불그스름한 머리칼 사이로 손가락들을 미끄러뜨리며 누워 있었다. 그는 머리 밑에 두 손을 깔고 등을 대고 누운 채 천장을 빤히 쳐다보았다. "이걸 어떻게든 해야겠어요." 그가 말했다. "그 뼈를 깎아 내야 해요. 하지만 걱정 말아요. 팔베 한센을 못 견뎌 하는 또 다른 귀 전문의를 알거든요."

　　다음날 그는 도서관 소장 도서 가운데 귓병에 관한 최고로 두꺼운 책들을 빌려서 돌아왔다. 우리가 커피를 마시는 동안 그는 혼잣말을 중얼거리면서 그 책들을 자세히 읽었고, 거기 있는 개략적인 그림 주위에 빨간 줄을 치면서 내 귀 뒤쪽과 주위를 만졌고, 거기가 계속 아프면 자기가 언급한 의사에게 가서 수술을 요청해 보겠다고 말했다. "지금도 아파요?" 그가 물었다. "네." 얼굴을 찡그리며 내가 말했다. "많이 아파요." 데메롤에 대한 갈망은 감당할 수 없는 기세로 되돌아와 있었다. 다음날 나는 내 장편 소설의 마지막 챕터를 썼고, 깔끔한 판지로 표지를 만들어 붙인 다음 그 위에 대문자로 이렇게 썼다. 『아이를 위하여』, 토베 디틀레우셴 장편 소설. 나는 그것을 카를의 방에 있는 금고형 캐비닛에 넣었고, 언제나 그랬듯 그 소설이 내 머릿속을 온통 차지하던 시간이 끝났다는 사실에 일종의 슬픔을 느꼈다. 신체적인 통증이 찾아오자, 나는 카를이 열지 못하도록 잠가 둔 내 책상 서랍에서 약병을 꺼냈다. 세어 보지도 않고 알약을 한 움큼 삼켰다. 그간 나는 처방전을 쓰면서 무척 조심해 왔었다. 가끔씩은 맨 밑에 카를의 이름을, 가끔씩은 욘의 이름을 적었다. 욘은 아운스트루프 요양원에서 학위를 받은 뒤였다. 야베와 나는 번갈아 가며 그 처방전으로 약을 지어 왔다. 나는 그 세상 물정 모르는 젊은 친구가 나에 대해, 또 이 집에서 일어나는 몇몇 은밀한 일들에 대해 아무런 의심도 품지 않았을 거라고 확신한다. 나는 주사기와 앰풀과 주사바늘 들을 내 원고들과 함께 캐비닛에 넣고 잠가 두었고, 야베는 딱 한 번, 그나마도 한참 뒤에 내게 약값청구서를 가져다주면서 이렇게 말했을 뿐이다. "정말 굉장히 약값이 많이 나가네요." 당시 약값으로 들어간 돈은 한 달에 수천 크로네였다.

귀 전문의는 나이가 많고, 성질이 더럽고, 귀가 잘 안 들리는 사람이었다. 달라고 한 도구를 간호 조무사가 즉시 건네주지 않으면 그는 들고 있던 게 뭐든 간에 바닥에 던져 버리면서 이렇게 소리쳤다. "빌어먹을, 이렇게 무능한 직원이랑 어떻게 일을 하라는 거야?" 그는 내 귀를 들여다보면서 말했다. "그래, 팔베 한센이 수술을 안 해 주겠다고 했다고요? 좋아요, 한번 봅시다. 엑스레이를 좀 찍어 볼 거예요. 뇌막까지 진행됐을 수도 있으니까." "저도 그렇게 생각했어요." 카를이 말했다. "아내가 한 번씩 열이 나기도 했던 것 같아요." "열?" 내가 놀라서 말했다. "열이 얼마나 났는데요?" 의사가 물었다. "재 보진 않았어요." 카를이 조용히 말했다. "아내를 걱정시키고 싶지 않았거든요. 하지만 이 사람이 종종 열에 들떠서는 집중을 못하는 것 같긴 해요." 며칠 뒤 우리는 다시 그 병원에 갔고, 카를과 의사는 방금 나온 엑스레이 사진들을 열심히 들여다보았다. "여기 그림자가 있죠." 고개를 그대로 숙인 채로 말하던 의사는 갑자기 입을 다물었다. 그러더니 대머리를 홱 쳐들고는 말했다. "좋아요, 수술을 하죠. 내일 아내분이 개인실로 들어가실 거고, 같은 날 아침에 바로 수술을 하면 됩니다." 집에 도착한 나는 주사를 한 대 맞고 나서 생각에 잠겼다. 이게 내가 원하는 삶이야. 언제까지나. 나는 다시는 현실로 돌아가고 싶지 않아.

　마취에서 깨어났을 때는 내 머리 전체에 붕대가

감겨 있었고, 나는 마침내 귀가 아프다는 게 뭔지 알게 되었다. 나는 아파서 신음하며 이리저리 뒹굴었다. 의사가 들어오더니 침대 곁에 앉았다. "미소를 지으려고 해 보세요." 그가 말했고, 나는 입을 움직여 미소를 닮은 무언가를 만들어 냈다. "왜요?" 신음과 함께 다시금 뒹굴기 시작하면서 내가 물었다. "우리가 안면 신경을 건드렸거든요." 그가 설명했다. "그러면 가끔 마비가 오기도 하는데, 다행히도 그건 피해간 것 같네요." "너무 아파요." 내가 신음했다. "뭐든 진통제 같은 걸 좀 주시면 안 되나요?" "물론 드려요." 그가 말했다. "아스피린은 드셔도 됩니다. 그게 이 병동에서 가장 센 약이에요. 여기는 환자들을 중독자로 바꿔 놓는 데가 아니라서요. 아스피린하고, 밤에 주무시는 데 도움이 되는 약을 좀 드릴 겁니다." "제 남편 좀 불러 주시겠어요?" 나는 겁에 질려 물었다. "남편하고 이야기를 해야겠어요." "곧 올 겁니다." 의사가 말했다. "조금 있다가요. 지금은 안정을 취하셔야 되니까요." 카를은 갈색 서류 가방 안에 그 은혜로운 주사기를 넣어가지고 도착했다. 막히지 않은 정맥에 그가 주사를 놔 주었을 때 나는 말했다. "당신, 자주 들러야 해요. 이건 내가 평생 느껴 본 적 없는 고통인데 여기서는 아스피린밖에 안 줘요." "위약이라도 주면 좋을 텐데." 그가 중얼거렸다. "더 크게 말해요." 내가 말했다. "안 들려요." "당신 그쪽 귀는 안 들리게 됐어요." 그가 말했다. "그리고 앞으로도 계속 안 들리겠지만, 최소한 더 이상 아프지는 않을 거예요." 주사 효과가 나타나자 고통은 의식 뒤로 물러났지만, 사라지지는 않고 계속 남아 있었다. 나는 나른한 목소리로 물었다. "통증이 돌아왔는데 당신이 여기 없으면 난 어떻게 해야 되죠?" "참으려고 애써 봐요." 그가 말했다. "내가 너무 자주 오면 병원에서 의심할 거예요." 그는 저녁에 돌아와 주사 한 대를 놔 주고 클로랄 수화물을 주었다. 그때는 몇 시간이나 지옥을 경험한 뒤였고, 나는 내가 전에는 진짜 육체적 고통이 어떤 건지 전혀 몰랐었다는 걸 깨달았다. 마치 끔찍한 덫에 걸린 것 같았는데, 언제 어디서 그 덫이 내 몸 위로 탁 닫힐지 예측할 수가 없었다. 나는 한밤중에 깨어났다. 마치 불길이 머릿속을 태우고 있는 것 같았다. "도와주세요!" 나는 문 위에 달린 야간등의 푸른 불빛으로 물든 방 안을 향해 비명을 질렀다. 간호사 한 명이 뛰어 들어왔다. "아스피린을 두 알 드릴게요. 더 강한 약을 드릴 수 없어서 죄송해요. 의사 선생님이 너무 엄격하셔서요." 간호사는 미안해하며 말했다. "선생님이 양쪽 귀를 다 수술받으셨는데, 그때 통증을 어떻게 견뎠는지 기억하고 계시거든요." 간호사가 나가자 나는 미친 듯한 공포에 사로잡혔다. 단 1분도 더 그곳에 있을 수 없었다. 나는 자리에서 일어나 최대한 소리를 내지 않고 옷을 입었다. "아, 아." 나는 혼자서 조용히 신음했다. "나 죽어요, 엄마, 죽을 것 같아요, 못 참겠어요." 코트를 걸쳐 입은 나는 조심스레 밖을 내다보았다. 병실 맞은편에 문이 또 하나 있었다. 나는 그 문이 출구로 통하기만을 바라며 그쪽으로 달려갔고, 곧 머리에 붕대를 친친 감은 채로 황량한 밤거리에 서 있게 되었다. 나는 손을 흔들어 택시를 불렀고, 택시 기사는 안됐다는 말투로 교통사고를 당한 거냐고 물었다. 집에 도착한 나는 정원 산책로를 달려 올라가 미친 사람처럼 초인종을 눌러 댔다. 내게는 열쇠가 없었다. 야베가 나오더니 문을 열어 주었다. "어떻게 된 거예요?" 기겁한 야베는 휘둥그레진 눈으로 나를 빤히 쳐다보며 물었다. "아무것도 아니에요." 내가 말했다. "그냥 거기 더 있기 싫어서요." 나는 카를의 방으로 달려 들어가 그를 깨웠다. "데메롤 줘요." 내가 신음했다. "빨리요. 너무 아파서 미쳐 버릴 것 같아요."

통증은 14일 동안 지속됐다. 카를은 내가 주사를 달라고 하면 바로 놔 주기 위해서 일을 쉬고 집에 머물렀다. 나는 침대 위에 움직임 없이 축 늘어져 누워 있었다. 따뜻한 녹색 물에 잠긴 채로, 잠들 때까지 누군가가 살살 흔들어 주는 느낌이었다. 내게 이 지복의 상태에 머무르는 것보다 중요한 일은 아무것도 없었다. 카를은 많은 사람들이 한쪽 귀가 안 들리지만 그건 그다지 큰 문제가 되지 않는다며 나를 위로했다. 어쨌든 나는 상관없었다. 할 만한 가치가 있는 수술이었으니까. 참을 수 없는 현실의 삶에서 멀어질 수만 있다면 나는 어떤 대가라도 치를 수 있었다. 야베가 올라와 내게 음식을 먹여 주었고, 거의 아무것도 삼키지 못했던 나는 그냥 날 편안히 놔둬 달라고 야베에게 애원했다. "절대 안 돼요." 야베가 단호하게 말했다. "저한테 조금이라도 결정권이 있는 한은요. 굶어서 돌아가시게 놔 둘 수는 없어요. 지금도 충분히 상황이 안 좋은 걸요."

어느 날 밤에 잠에서 깬 나는 통증이 거의 사라졌음을 알아차렸다. 하지만 추웠고, 몸이 떨렸고, 탈수가 너무 심한 탓에 손가락으로 입술을 비틀어 열어야 했다. 카를이 잠에 취한 채 올라와서는 내게 주사를 놓았다. "그 정맥까지 막히면 어떻게 해야 할지 모르겠네요." 그가 말했다. "어쩌면 당신 발에서 정맥을 찾아봐야 할지도요."

침대에 혼자 누워 있던 나는 아이들을 본 지 오래됐다는 걸 문득 깨달았다. 계단을 내려가 아이들 방으로 들어갔다. 몸에 너무 힘이 없어서 넘어지지 않으려고 벽에 기대야 했다. 불을 켜고 아이들을 바라보았다.

헬레는 얼굴을 후광처럼 감싼 곱슬머리를 하고 엄지손가락을 입에 넣은 채 누워 있었다. 미샤엘은 아기 고양이 인형을 안고 잠들었다. 그 애는 그 인형 없이는 잠들지 못했다. 그리고 두 눈을 초롱초롱하게 뜬 트리네는 어린애 특유의 불가해한 표정으로 나를 지켜보고 있었다. 나는 더듬더듬 그 애의 침대로 다가가 머리칼을 쓰다듬었다. 트리네의 금빛 속눈썹은 여전히 길었는데, 내가 머리를 쓰다듬자 천천히 내려가 감겼다. 마룻바닥 위에는 장난감들이 온통 흩어져 있었고, 그 한가운데 아기 놀이울이 있었다. 이제 이 아이들을 거의 알아볼 수 없게 된 나는 그 애들의 삶의 일부조차 되지 못했다. 마치 청춘을 돌아보는 늙은 여자처럼, 나는 불과 몇 년 전만 해도 내가 얼마나 행복하고 건강하고 젊은 여자였는지, 얼마나 생명력으로 가득했는지, 친구들이 얼마나 많았는지를 떠올렸다. 그러나 모두 덧없는 생각이었다. 나는 불을 끄고 나오면서 등 뒤로 문을 조용히 닫았다. 위층으로 올라가 내 침대로 돌아가는 데는 시간이 한참 걸렸다. 불을 켜 둔 채 침대에 누운 나는 하얗고 깡마른 내 두 손을 바라보면서 손가락들을 타자치듯 움직였다. 그러자 오랜만에 처음으로 또렷한 생각 하나가 떠올랐다. 상황이 정말로 안 좋아지면 게르트 이외르겐센 박사에게 전화해서 모든 걸 말해야겠어,

라는 생각이었다. 단지 내 아이들을 위해서만이 아니었
다. 내가 써내야 하는, 아직 남아 있는 책들을 위해서라
도 그래야 할 것 같았다.

# 5

그리고 시간이 의미를 상실했다. 한 시간이 1년일 수 있었고, 1년이 한 시간일 수도 있었다. 그건 모두 주사기에 약이 얼마만큼 들어 있는지에 달려 있었다. 가끔씩 주사가 전혀 듣지 않을 때면 나는 늘 내 가까이에 있는 카를에게 이렇게 말한다. "모자랐나 봐요." 카를은 마음 아픈 표정으로 나를 보며 턱을 문지른다. "좀 줄여야 해요." 그가 말한다. "안 그러면 당신은 결국 병이 날 거예요." "나는 양이 모자라면 병이 나요." 내가 말한다. "내가 이렇게 괴로운데 왜 그냥 놔두는 거예요?" "알았어요, 알았어." 그가 어쩔 수 없다는 듯 어깨를 으쓱하며 중얼거린다. "조금만 더 줄게요."

　나는 계속 침대에 누워 있고, 화장실에 가려면 야베의 도움을 받아야 한다. 야베가 앉아서 내게 음식을 먹여 줄 때면 그의 커다란 얼굴은 마치 뭔가를 뿌려 놓은 것처럼 온통 젖어 있다. 나는 야베의 뺨을 문지른 손가락을 입에 넣어 본다. 짠맛이 난다. 누군가에게 동정심을 느낄 수 있다니. 나는 부러워한다. 나는 계절의 흐름에 아무 관심도 기울이지 않는다. 햇빛을 보면 눈이 아파서 커튼은 언제나 닫혀 있고, 그래서 낮이든 밤이든 아무 차이가 없다. 나는 자고, 깨어나고, 아프거나, 아프지 않다. 내 타자기는 마치 거꾸로 든 쌍안경을 통해 바라보는 것처럼 멀어 보인다. 1층, 그러니까 사람들이 정말로 삶을 살아가는 곳에서, 아이들의 목소리가 여러 겹의 양털 담요를 뚫고 올라오는 것처럼 내게 전해져 온다. 내 옆에 얼굴들이 나타났다가 사라진다. 전화벨이 울리고, 카를이 받는다. "죄송합니다, 안 되겠어요. 제 아내가 지금은 몸이 좋지 않아서요." 카를은 위층에 있는 내 방에서 식사를 하고, 나는 경이로움과 일종의 아득한 질투를 품은 채 그의 건강한 식욕을 지켜본다. "한입만 먹어 봐요." 그가 진지하게 말한다. "정말 맛있어요. 야베가 당신 먹으라고 만든 거예요." 그는 조그만 고기 한 점을 포크에 찍어 내 입에 밀어 넣고, 나는 그것을 도로 토해낸다. 나는 그가 젖은 천으로 침대 시트에 묻은 얼룩을 닦는 모습을 지켜본다. 그의 얼굴이 내 얼굴 가까이에 있다. 그의 피부는 곱고 매끄럽고, 두 눈꺼풀은 아이처럼 촉촉하게 반짝인다. "당신은 정말 건강하네요." 내가 주억거리자 그는 대답한다. "당신도 건강해질 거예요. 내가 약을 아주 조금만 줄여서, 당신이 한동안만 아주 조금 힘든 걸 참을 수 있다면요." "나 이제 진짜 중독자인 거예요?" 내가 묻는다. "네." 그는 소심하게 머뭇거리는 그 특유의 미소를 지으며 대답한다. "이제 당신은 진짜 중독자예요." 그는 마루를 살금살금 가로질러 가더니 커튼을 옆으로 잡아당기고 날씨가 어떤지 본다. "저 마당에 다시 내려갈 수 있게 되면 근사하지 않겠어요?" 그가 말한다. "과일나무들에 꽃이 활짝 피었어요. 한번 볼래요?" 그는 내가 비틀비틀 창문으로 걸어가는 동안 나를 붙잡아 준다. "이제 잔디는 더 이상 안 깎나요?" 나는 그저 대화를 이어 가기 위해 묻는다. 우리 집 잔디가 이웃집보다 길게 자라나 있다. 방치된 잔디 위에 잔뜩 자란 민들레의 홀씨 다발이 바람을 타고 여기저기 날아다닌다. "글쎄요." 그가 대답한다. "그것 말고 생각해야 되는 더 중요한 일들이 많아서요." 어느 날 그는 내 곁에 앉더니 기분이 좋으냐고 묻는다. 마지막 주사에 약이 충분히 들어 있었으므로 나는 기분이 좋다. 그가 말한다. "당신한테 할 이야기가 있어요. 우리 연구소에서 일하는 전문가 한 명이 과학 연구에 쓰겠다고 받은 4만 크로네를 가져가서는 마취제를 사는 데 썼지 뭐예요. 난 그 사실을 우연히 알게 됐고요." "당신이 거기 계속 나가고 있다는 것도 난 몰랐어요." 내가 말한다. "음, 나가고 있죠." 그가 대답한다. "당신이 자고 있을 때." 그는 바닥에서 보이지 않을 만큼 작은 보풀 하나를 집어 드는데, 그게 그의 새로운 취미다. "그래서 어떻게 해야 되는데요?" 관심은 없지만 나는 묻는다. 그는 다시 몸을 굽히더니 무언가를 집어 올리며 말한다. "변호사를 찾아가 볼까 생각 중이었어요. 처음에는 경찰서에 가려고 했지만, 먼저 변호사한테서 조언을 받으면 더 나을 것 같지 않나요?" "그럴 것 같네요." 나는 무관심한 목소리로 대답한다. "하지만 너무 오랫동안 나가 있진 말아요. 내가 부르면 당신은 여기 있어야 돼요."

우리 어머니가 들러 내 침대 곁에 앉는다. 어머니는 내 손을 가져가더니 어루만진다. "너희 아버지하고 내 생각은." 어머니는 손등으로 눈물을 닦는다. "카를이 너를 병들게 하고 있다는 거야. 정확히 어떻게 그러는 건지는 몰라도, 난 그 사람이 제정신 같지가 않구나. 전화로 얘기할 때도 사람이 이상하고, 우리가 여기 올 때도 한 번도 자리에 없고." 카를이 상당히 이상해졌다고 말하는 건 야베 역시 마찬가지다. 최근에는 카를이 그래야 세균이 없어진다면서 자기 구두창을 물로 닦아 달라고 했다고 한다. 야베는 카를이 무섭다고 한다. "그 사람은 나를 병들게 하고 있는 게 아니에요." 나는 조용히 말한다. "반대로 나를 건강해지게 하려고 애쓰고 있어요. 그만 가 주실래요? 말을 하니까 너무 피곤해서요." 하지만 보풀을 주워 대고, 발끝으로 걷고, 내가 부르지 않을 때면 자기 방에 들어가 문을 닫아걸고 있는 카를을 보고 있으면, 나 역시 가끔씩 그가 좀 이상해진 게 아닌지 궁금해진다. 가끔씩 나는 아무런 두려움도 느끼지 못하는 채로 내가 죽어가고 있는 건 아닌지 궁금해한다. 마음을 가다듬고 게르트 이외르겐센 박사에게 전화를 해 봐야 하는 건지도 모른다. 하지만 그러면 나는 틀림없이 주사를 맞지 못하게 될 것이다. 그 사람은 나를 병원에 집어넣을 테고, 병원에서는 아스피린밖에는 주지 않을 것이다. 그게 내가 전화를 계속 미루는 이유다. 물론 지금 내 상태로는 또렷한 생각을 오래 지속할 수가 없기도 하다. 리세가 찾아와 자기 얼굴을 내 얼굴 가까이 대자 그의 뺨이 내 뺨에 닿는다. 나는 흠칫 놀라며 얼굴을 뒤로 뺀다. 닿으면 아프기 때문이다. 나는 내 피부에 다른 사람의 피부가 닿는 감촉을 참을 수가 없다. 카를이 나와 관계를 가진 지도 오래됐다. "무슨 일이에요, 토베?" 리세가 진지하게 묻는다. "당신 뭔가 숨기고 있어요, 뭔가 끔찍한 걸. 카를은 사람들의 전화를 받을 때마다 매번 이상한 소리만 하고요." "혈액질환이에요. 그런데 최악의 고비는 넘겼어요." 나는 그렇게 대답한다. 그게 카를이 내게 하라고 했던 말이다. "이제 나아질 거예요. 괜찮으면 그만 가 줄래요? 나 너무 피곤해요." "이제 글은 안 쓰나요?" 리세가 묻는다. "당신이 책을 쓰는 일을 얼마나 사랑했는지, 기억 안 나요?" "당연히 나죠." 나는 먼지 쌓인 내 타자기를 힐끗 보며 중얼거린다. "기억나요. 다시 쓸 수 있을 거예요. 이제 가요."

시간이 지난 뒤에, 나는 리세가 한 말을 떠올린다. 내가 다시 글을 쓰게 되기는 할까? 오래 전, 데메롤 약효가 퍼지기 시작할 때마다 문장과 싯구 들이 내 머릿속을 이리저리 날아다녔던 순간들이 기억난다. 하지만 이제 그런 일은 없다. 더없이 행복했던 그 옛날의 상태는 다시 돌아오지 않는다. 나는 카를이 가끔씩 주사기에 물을 넣는다는 것도 알고 있다. 낮이었는지 밤이었는지 모를 어느 날, 그가 내 발 옆에 무릎을 꿇고 정맥에 주사기를 찔러 넣고 있을 때, 그의 두 눈에 눈물이 가득 고여 있는 게 보인다. "왜 울어요?" 놀라서 내

가 묻는다. "모르겠어요." 그가 말한다. "하지만 내가 뭔
가 잘못한 게 있다면 그걸로 벌을 받게 될 거라는 사실
을 당신이 알았으면 좋겠어요." 그가 잘못을 고백한 적
이 있다면 그때가 유일했다. "다른 건 모르겠는데, 당신
거기다 물 넣고 있죠." 내가 말한다. "당신, 조금 있으면
많이 아플 거예요." 그가 말한다. "하지만 그 다음에는
기분이 나아질 거고, 결국에는 다시 건강해질 거예요.
그런데 당신, 나한테 졸라 대는 건 그만둬야 돼요. 난
당신이 괴로워하는 거, 한 번도 참고 지켜볼 수 있었던
적이 없으니까요. 내가 지금 하는 일은 모두 당신을 위
해서예요. 당신이 회복돼서 다시 일도 하고, 아이들 곁
에도 있어 줄 수 있게 하려는 거예요." 그의 말들이 나
를 두려움으로 가득 채운다. "난 데메롤 없이 살 수 없
어." 나는 그에게 소리친다. "그거 없이는 못 산다고. 당
신이 이걸 시작했으니 계속하는 것도 당신이 해야지."
"아뇨." 그가 조용히 말한다. "난 천천히 줄일 거예요."

생지옥이다. 나는 얼어 죽을 것같이 춥고, 몸이 떨
리고, 땀이 나고, 눈물을 흘리고, 텅 빈 방에서 카를의
이름을 외치고 있다. 야베가 들어와 내 곁에 앉는다. 야
베는 절망에 빠져 울고 있다. "방에 들어가서 문을 잠
그셨어요." 야베가 말한다. "그리고 전 그분이 무서워
요. 방 문 밖에 음식을 놔두면 그분은 제가 간 다음에

안으로 갖고 들어가세요. 다른 의사를 부르시면 안 되나요? 사모님은 너무 편찮으신데, 저는 아무것도 할 수가 없어요. 사모님 친구분들이 들르실 때면 그분이 저보고 친구분들을 안에 들이지 말라고 하세요. 자기 어머니조차 만나지 않으려고 하시고요." "그 사람 정신이 이상해져 가나 봐요." 내가 말한다. "옛날에도 한 번 그런 적 있다는 거 알거든요." 그러고 나서 나는 토하고, 야베는 사발을 가져와 세수수건으로 내 얼굴을 닦는다. 나는 전화번호부에서 게르트 이외르겐센의 번호를 찾아서 종이에 적어 와 달라고 야베에게 부탁한다. 야베는 그 말대로 하고, 나는 그 메모를 내 베개 밑에 밀어 넣는다. 이제 나는 클로랄 수화물을 마셔도 잠들지 못한다. 눈을 감으면 눈꺼풀 안쪽에 끔찍한 장면들이 나타난다. 한 어린 소녀가 어두운 거리를 걸어가고 있는데, 갑자기 소녀 뒤로 웬 남자가 튀어나온다. 남자는 머리에 검은 후드를 쓰고 기다란 칼을 들고 있다. 남자가 달려와 소녀의 등에 칼을 꽂는다. 소녀가 비명을 지르고, 나도 비명을 지르며 눈을 뜬다. 카를이 발끝으로 걸어 방에 들어온다. "또 나쁜 꿈 꿨어요?" 그는 몸을 굽혀 바닥에서 보풀을 집어 올리며 묻는다. "우리 이제 데메롤은 다 떨어졌어요." 그가 말한다. "내가 지난번에 청구서 내는 걸 깜빡한 모양이에요. 하지만 클로랄 수화물을 한 회분 더 줄게요." 그는 그것을 계량컵에 따르고, 나는 권장 분량의 두 배를 달라고 그에게 애원한다. "알 게 뭐람. 그래도 해롭진 않겠죠." 그는 그렇게 말하고는 내가 부탁한 대로 한다. 나는 기분이 약간 나아지고, 그는 자기 손의 절반 크기밖에 안 되는 내 손을 어루만진다. "영양 공급이 문제예요." 그가 몽롱한 웃음을 짓는다. "당신 체중이 9킬로그램 정도만 늘면 모든 게 괜찮아질 텐데." 그는 앉아서 잠깐 동안 허공을 노려보더니 가성으로 노래를 부르기 시작한다. "'우린 마음 내킬 때마다 여자랑 떡을 치지.' 이건 레겐셴 기숙사에서 부르던 노랜데." 그가 말한다. "거기 있을 때는 채식주의자였거든요. 가끔씩 당신이 내 여동생이라는 상상을 해요." 그는 바닥으로 다시 몸을 굽히면서 중얼거린다. "사람들이 생각하는 것보다 근친상간은 흔해요." 그러고 나서 그는 나와 관계를 가지려 하고, 나는 처음으로 그가 두려워진다. "하지 말아요." 나는 무기력하게 그를 밀어낸다. "날 그냥 놔둬요. 나 자야 돼요." 그가 방에서 나가자마자 나는 정신이 번쩍 든다. "저 사람, 미쳤어." 나는 허공에 대고 중얼거린다. "그리고 나는 죽어가고." 나는 그 두 가지 생각에 집중하려고 애를 쓰고, 그것들은 수직으로 드리운 두 개의 끈처럼 내 머릿속에 나타나지만, 이내 폭풍에 휘말린 바다 속의 해초처럼 떠내려가 버린다. 환영들이 나타날까 봐 나는 눈을 감을 엄두를 내지 못한다. 지금이 밤인지 낮인지 모르겠다. 나는 한쪽 팔꿈치로 몸을 지탱해 들어 올린 다음 미끄러지듯 침대에서 빠져나오고, 내게 일어설 힘이 없음을 깨달은 뒤로는 두 손과 두 발을 바닥에 대고 기어가서 내 책상 의자 위로 몸을 끌어올린다. 너무 힘이 들어서 머리를 타자기 자판 위에 내려놓고 쉬어야 한다. 내 숨소리가 침묵 속에 쌕쌕거리며 퍼진다. 클로랄 수화물이 안 듣게 되기 전에 뭔가 조치를 취해야 한다. 나는 한 손에 게르트 이외르겐센의 전화번호를 적은 메모를 움켜쥐고 있다. 책상 스탠드를 켜고, 전화번호를 돌리고, 응답을 기다린다. "여보세요." 차분한 목소리가 들린다. "게르트 이외르겐센입니다." 나는 내 이름을 말한다. "아, 당신이군요!" 그가 말한다. "이런 시간에 전화를 해서 깨우시고, 무슨 일인가요?" "저 아파요." 나는 대답한다. "그 사람이 주사기에 물을 넣고 있어요." "무슨 주사기요?" "데메롤이요." 내가 말한다. 더 이상 설명할 수가 없다. "그 사람이 당신한테 데메롤을 주사하고 있다고요?" 그가 격한 목소리로 묻는다. "그런 지 얼마나 됐죠?" "모르겠어요." 내가 속삭인다. "몇 년쯤 된 것 같아요, 아마도. 근데 이제 더 이상 안 주려고 해요. 전 죽어가고 있어요. 도와주세요." 그는 내게 다음날 와서 진찰을 받을 수 있겠냐고 묻고, 나는 못 가겠다고 대답한다. 그러자 그는 카를을 바꿔 달라고 하고, 나는 전화기를 책상에 내려놓고는 있는 힘을 다해 카를의 이름을 소리쳐 부른다. 줄무늬 파자마를 입은 그가 문간에 나타난다. "게르트 이외르겐센 박사예요." 내가 말한다. "당신이랑 통화하고 싶대요." "아, 그래요." 그가 수염 난 턱을 문지르며 조용히 말한다. "그럼 내 일은 끝장이네." 그는 누구를 탓하는 기색 없이 그 말을 하고, 나는 그 순간에는 그게 무슨 뜻인지 알아듣지 못한다. 그는 수화기에 대고 "여보세요"라고 말하더니 한참 동안 입을 열지 않는다. 수화기 저편의 남자가 말을 하고 있어서다. 그 남자가 얼마나 흥분하고 화가 난 상태인지 수화기 너머에서도 다 들린다. 카를은 그냥 이렇게만 말한다. "네, 내일 두 시. 그리로 가겠습니다. 네, 내일 전부 설명 드릴게요." 수화기를 내려놓은 그는 내게 병적인 미소를 지어 보인다. "한 대 놔 줄까요?" 그의 말투는 다정하다. "이번에는 충분히 넣을게요, 축하할 일이니까." 그가 주사기를 집어든다. 너무도 오랜만에 느껴보는 행복하고 감미로운 옛 느낌이 내 핏속에 되돌아온다. "나한테 화났어요?" 나는 그의 머리칼 속에 집어넣은 손가락을 살며시 비틀며 그에게 묻고, 그는 일어서며 대답한다. "아뇨. 누구나 자기 자신은 챙겨야 하니까요." 그러더니 그는 마치 그 방과 가구들을 마음에 깊이 새기려는 것처럼 방을 둘러보며 가구 한 점 한 점을 자세히 들여다본다. 그가 천천히 묻는다. "이사 왔던 날 우리가 얼마나 행복했는지 기억나요?" "네." 내가 나른하게 대답한다. "우린 다시 그렇게 될 수 있어요. 내가 괜히 그 사람한테 전화를 했나 봐요." "아니에요." 그가 말한다. "당신한테는 그게 탈출구였어요. 당신은 입원하게 될 거고, 모든 게 끝날 거예요." "애들은요?" 아이들을 기억해 낸 내가 묻는다. "야베가 있잖아요." 그가 말한다. "야베는 그 애들을 떠나지 않을 거예요." "그럼 당신은요?" 내가 묻는다. "당신의 탈출구는 뭐죠?" "난 끝났어요." 그가 차분하게 말한다. "하지만 그건 신경 쓰지 말아요. 우린 각자 구할 수 있는 걸 구해야 하니까."

다음날 게르트 이외르겐센 박사를 찾아갔다 돌아온 그는 오랫동안 내가 봐 왔던 모습보다 한결 편안해 보인다. "당신 입원해서 약물 중독 치료를 받아야 된대요." 그가 오토바이 재킷을 벗으며 말한다. "오링에 병원에 빈자리가 나는 대로 치료가 시작될 텐데, 그때까지는 원하는 만큼 데메롤을 맞아도 돼요. 좋지 않아요?" "네." 그렇게 대답하며, 나는 그의 그 말이 나를 굴복시켜 귀 수술을 받게 만들었던 때와 똑같다는 걸 깨닫는다. "그리고 당신은요? 당신은 어떻게 할 건가요?" 내가 묻는다. "난 보건 당국하고 약간 문제가 있을 것 같아요." 그가 아무렇지 않은 척한다. "하지만 그건 내가 알아서 할게요. 당신은 당신 자신만 생각하기에도 벅찰 거예요."

내가 입원하게 됐다고 하자 야베는 기뻐서 어쩔 줄 몰라 한다. "그럼 사모님은 다 나으실 거예요." 야베가 말한다. "친구분들이랑 가족분들이랑, 전부 다 너무 너무 기뻐하실 거예요. 그분들이 정말 많이 걱정하셨거든요." 내가 병원에 들어가는 날이 되자 야베는 나를 안아들고 욕실로 내려가 구석구석 씻긴다. 내 머리를 감겨 줄 때는 구정물이 엄청나게 나온다. 야베는 나를 다시 침대에 안아다 올려놓으면서 이렇게 말한다. "이제 몸무게가 헬레보다 덜 나가시네요." 카를이 들어와 내게 주사를 놓는다. "이게 마지막이에요." 그는 말한다. "하지만 천천히 줄여 달라고 그 사람들한테 부탁할게요. 내가 같이 갈 거예요."

구급차 운전사가 나를 안아들고 계단을 내려가는 동안 나는 운전사의 목에 팔을 두른다. 그가 걱정하는 표정이어서 나는 미소를 지어 보인다. 내게 마주 미소 짓는 그의 두 눈에 연민이 어려 있는 게 보인다. 카를은 들것 옆에 앉아 허공을 노려보고 있다. 그는 갑자기 뭔가 짓궂은 생각이 떠올랐다는 듯이 숨죽여 웃는다. 그는 먼지 부스러기 몇 개를 집어 올려 그것들을 손바닥 사이에 넣고 동그랗게 뭉친다. "우리가 서로를 다시 보게 되리라는 보장이 없네요." 감정이 없는 그의 목소리는 한마디를 덧붙인다. "사실, 그 귀 통증에 대해서도 난 절대 확신할 수가 없었지." 그게 내가 그로부터 들은 마지막 말이다.

# 6

나는 머리를 베개에서 살짝 들어 올린 채 침대에 누워 내 손목시계를 뚫어져라 노려본다. 다른 손으로는 눈가에 스며 나오는 땀을 닦아내고 있다. 나는 초침을 노려본다. 분침은 도통 움직이려 하지 않기 때문이다. 시계가 멈췄다는 생각이 들어서 나는 가끔씩 그것을 내 들리는 쪽 귀에 가져다 대 본다. 나는 세 시간마다 한 대씩 주사를 맞는데, 마지막 한 시간은 내가 이 세상에서 살아온 평생을 합친 것보다 더 길다. 고개를 들고 있으면 목이 아프지만, 베개에 머리를 내려놓으면 벽들이 온통 나를 향해 점점 더 가까이, 내 작은 방에 공기가 부족해질 때까지, 안쪽으로 밀고 들어온다. 머리를 바닥에 내려놓으면, 이번에는 알 수 없는 온갖 생물들이 — 조그맣고 역겹고 바퀴벌레처럼 생긴 수천 마리의 생물들이 — 담요 위를 가로질러 사사삭 달려와서는 내 온몸에 기어오르고, 코와 입과 귓속으로 들어간다. 잠깐 동안 눈을 감을 때도 똑같은 일이 벌어진다. 그것들이 내 몸 위로 올라오는 걸 막을 수가 없다. 나는 비명을 지르고 싶지만 입술이 떨어지지 않는다. 게다가 천천히, 그리고 마지못해 인정하게 된 사실이 있다. 비명을 질러봤자 아무 소용 없다는 것이다. 시간이 되기 전에는 아무도 오지 않는다. 나는 허리를 아프게 파고드는 가죽 벨트로 침대에 묶여 있어서 몸을 돌리기도 어렵다. 그들은 내 몸 밑에 깔아 놓은, 언제나 내 배설물로 범벅이 돼 있는 시트를 교체할 때조차 벨트를 풀지 않는다. '그들'이란 내 눈앞에서 푸른빛 도는 흰색으로 어른거리는, 정체를 알 수 없는 무언가다. 이제 나를 통제하고 있는 건 그들이므로, 쉬어 버린 내 목소리가 알아들을 수 없는 속삭임이 될 때까지 카를의 이름을 끝없이 외쳐도 소용이 없다. 3시 5분 전이다. 3시가 되면 그들이 와서 주사를 놔 줄 것이다. 어떻게 5분이 5년처럼 느껴질 수 있는 걸까? 시계는 미친 듯 뛰는 심장의 리듬에 맞춰 내 귓가에서 째깍거린다. 어쩌면 내 시계는 고장 났는지도 모른다. 그들이 나를 위해 계속 맞춰 주기는 하지만 말이다. 어쩌면 그들은 나를 잊어버린 건지도, 아니면 내 방문 바깥에 있는 미지의 세계에서 비명을 지르고 소리치는 다른 환자들을 보느라 바쁜 건지도 모른다.

"자, 주사 맞을 시간이에요." 몸과 비교해 지나치게 큰 얼굴에, 내 눈에는 한쪽 귀에서 다른 쪽 귀까지 걸려 있는 것처럼 보이는 입 하나가 그렇게 말한다. 나는 허벅지에 주사를 맞는데, 효과가 나타나기까지는 약간 시간이 걸린다. 그 주사가 하는 일은 기분을 조금 좋아지게 하는 게 다다. 나는 머리를 베개에 내려놓을 수 있게 되고, 몸이 이파리처럼 떨리는 증상도 멎는다. 푸른색과 흰색 중간쯤의 얼굴은 내 가까이로 다가오자 좀 더 분명하게 보인다. 그 얼굴은 수녀의 얼굴처럼 순수하고 다정해서 나는 이 사람이 내게 해를 끼치고 싶어 하지 않는다는 걸 알게 된다. "말해 주세요." 내가 부탁하자 그 여자는 내 곁에 앉아 얼굴의 땀을 닦아 준다. 여자가 말한다. "이건 모두 금방 끝날 거예요. 저희가 곧 다시 두 발로 걷게 해 드릴 거예요. 근데 정말 위험한 순간에 여기 오신 건 맞아요." 내가 묻는다. "제 남편은 어딨죠?" "보르베르 박사님이 금방 들어오셔서 말씀해 주실 거예요." 여자는 내 질문을 피하고 있다. "우선 환자

분 목욕을 좀 시켜 드려야 되거든요." 그러자 힘센 손들이 나를 들어 올리고 내 몸 아래 깔려 있던 시트를 교체한다. 그들은 나를 씻기고 깨끗한 흰색 셔츠를 입힌다. "가장 끔찍한 건 그 알 수 없는 생물들이에요." 내가 말한다. "그것들은 제가 없애 드릴게요." 여자가 대답한다. "그것들이 나타나면 그냥 저를 부르세요. 제가 쫓아 버릴 테니까. 이제 여기 보세요. 제가 가져온 이거, 너무너무 착하게 쭉 다 마셔 버리자고요. 지금 탈수가 너무 심하신 상태예요. 느껴지지 않으세요? 목 안 마르세요?" 여자는 내 머리를 세우고 컵을 입술에 가져다 댄다. "이제 쭉 들이키세요." 여자가 진지하게 말한다. 나는 여자가 하라는 대로 물을 마시고, 더 달라고까지 한다. "잘하셨어요." 목소리가 말한다. "진짜 멋있으시다."

그러고 나자 보르베르 박사가 들어온다. 이 비참한 세상에서 내가 분명히 알아보는 유일한 사람. 그는 키가 크고 금발에, 통통하고 소년 같은 얼굴, 지적이면서 친절한 두 눈을 지닌 삼십대 중반의 남자다. 그는 잠깐 얘기를 나눌 수 있겠느냐고 내게 묻고는 이야기를 시작한다. "남편 되시는 분은 국립 병원에 입원하셨어요. 정신 질환이 심각한 상태라서요. 보건부가 남편분 상대로 소송을 제기했는데, 이렇게 되면 불기소가 될 가능성도 있어요." "아이들은요?" 나는 겁에 질린다. "남편이 집에 없으면 야베는 돈이 없을 텐데. 당장 집에 가야겠어요." "환자분은 앞으로 6개월간 집에 못 가세요." 의사의 말투는 단호하다. "하지만 댁에 있는 그 젊은 가정부한테는 당연히 생활비가 필요하겠죠. 제가 그 사람하고 통화를 했는데 조만간 면회를 오겠다고 했어요. 그러면 주사 맞고 나서 바로 얘기 나누실 수 있게 해드릴게요." 그는 나가고, 주사의 효과는 서서히 사라진다. 나는 다시 거기 누워 머리를 베개에서 들어 올린 채 내 시계를 노려보고, 나와 시계를 뺀 모든 세상이 사라진다.

야베가 오자 나는 카를이 구급차에서 들것 위에 올려놓았던 은행 통장을 건네주었다. 그러고는 카를의 방에 있는 캐비닛에서 내 장편 소설 원고를 꺼내 출판사에 보내 달라고 부탁했다. 또 내가 집에 돌아갈 때까지 아이들과 함께 있어 달라고도 부탁했고, 야베는 그러겠다고 약속했다. 그는 앉아서 깊은 애정이 담긴 촉촉한 두 눈으로 나를 살펴보았고, 내 손을 어루만지며 식사는 좀 하고 있느냐고 물었다. 그러고는 아이들에 대해 많은 이야기를 하기 시작했다. 하지만 나는 주의를 기울일 수가 없었다. "이제 가 줘요, 야베." 온몸에 땀이 배어나는 걸 느끼며 내가 말했다. "아이들한테 내가 곧 나아질 거라고, 너무너무 보고 싶다고 전해 줘요." "그런데, 남편분께서요." 야베가 걱정스러운 표정으로 말했다. "갑자기 집에 돌아오시지는 않겠죠?" "안 그럴 거예요." 나는 대답했다. "아예 돌아올 일이 없을 거예요."

내 비참한 상태는 서서히 나아졌다. 이제는 베개에 머리를 내려놔도 벽들이 내 침대를 향해 슬금슬금 다가오지 않았고, 쉬지 않고 시계를 노려보는 일도 그만두었다. 나는 벨트에서 풀려났고, 간호사의 도움을 받아 화장실에 가도 된다는 허락을 받았다. 내 방 바깥에는 더 큰 방이 하나 있었는데, 그 방 안에는 침대들이 너무도 다닥다닥 붙어 있어서 그 사이에는 아주 좁은 통로가 딱 하나 나 있을 뿐이었다. 환자들 대부분은 벨트에 묶여 있었고, 몇몇은 양손에도 커다란 손모아장갑을 끼고 있었다. 그들은 생기 없이 텅 빈 눈으로 나를 노려보았고, 나는 간호사에게 더 바짝 붙었다. "겁내지 마세요." 간호사가 말했다. "그냥 많이 아픈 사람들일 뿐이에요. 아무도 해치지 않아요." 하지만 그들은 엄청나게 큰 소리로 고함과 비명을 지르고 있어서 말을 해도 자기 목소리가 들리지 않을 정도였다. "내가 왜 여기 있죠?" 내가 물었다. "난 정신병에 걸리지 않았어요." "여기는 폐쇄병동이에요." 간호사가 말했다. "처음 병원에 오시게 되면 여기에만 계셔야 돼요. 좀 나아지면 틀림없이 개방 병동으로 가시게 될 거예요. 이쪽으로 오세요." 간호사는 나를 세면대로 이끌며 다정한 목소리로 말했다. "손을 씻으세요. 혼자 하실 수 있는지 한번 보세요." 고개를 든 나는 거울 속의 나를 보았고, 비명을 지르지 않기 위해 손으로 입을 막아야 했다. "저건 내가 아니야." 나는 울부짖는다. "난 저렇게 생기지 않았어요. 이럴 순 없어." 거울 속에는 지칠 대로 지치고 나이든, 내가 처음 보는 사람의 얼굴이 있다. 창백한 피부에는 각질이 일어나 있고 두 눈은 충혈돼 있다. "칠십 먹은 노인 같아 보여요." 나는 간호사에게 매달린 채 흐느껴 울고, 간호사는 내 어깨에 머리를 기댄다. "괜찮아요, 괜찮아요." 간호사가 말한다. "제가 미처 생각을 못했나 봐요. 그런데 울지 마세요. 인슐린을 맞기 시작하면 훨씬 나아지실 거예요. 뼈에도 살이 붙을 거고, 다시 젊어 보이시게 될 거예요. 제가 약속할게요. 늘 있는 일이에요." 침대로 돌아온 나는 거기 누워 이쑤시개 같은 내 두 팔과 두 다리를 바라보다가, 잠깐 동안 카를에게 머리끝까지 화가 난다. 그러다 나 역시 비난받을 만한 데가 있다는 사실이 기억나자 분노는 사라진다.

다음날 아침 일찍 인슐린 주사를 맞았다. 전날 밤 잠을 설쳤던 나는 다시 곯아떨어졌다가 9시 30분에 깨어났다. 그러자 걸신들린 듯한 배고픔이 느껴졌다. 몸이 떨리고 있었고, 눈앞에 까만 점들이 아른거렸다. 전에 데메롤을 달라고 그랬던 것처럼, 이제는 내 몸 전체가 먹을 것을 달라고 비명을 질렀다. 나는 복도로 달려가 간호사를 불렀다. 간호사의 이름은 루드비그센 부인이었다. "저 몸이 좀 힘든데요." 내가 말했다. "뭘 좀 먹어도 될까요?" 부인은 내 팔을 붙잡고 나를 다시 방으로 데려갔다. "사실 10시가 돼야 식사를 하실 수 있는데요." 부인이 말했다. "그냥 지금 가져다 드릴게요. 이번 한 번은 괜찮을 거예요." 부인이 치즈 바른 호밀빵과 잼 바른 통밀빵을 쌓아 놓은 접시가 담긴 쟁반을 들고 들어오자, 나는 부인이 미처 쟁반을 내려놓기도 전에 음식을 낚아채 입에 밀어 넣었고, 씹고 삼킨 다음 또 다시 낚아챘고, 그러는 동안 내 온몸에는 전에는 알지 못했던 육체적인 행복의 감각이 퍼져 나갔다. "와, 기분 끝내주네." 후루룩 소리를 내며 우유 한 모금을 마시고 또 한 모금을 마시기 전에 나는 나도 모르게 불쑥 말했다. "먹을 수 있는 만큼 다 먹어도 돼요?" 루드비그센 부인이 웃음을 터뜨렸다. "네." 부인이 말했다. "온 병원 음식을 다 먹어치워도 괜찮아요. 음식을 드시는 걸 보니 너무 좋네요." 부인은 음식을 더 가져왔고, 나는 행복감에 웃음을 터뜨려 가며 미친 듯 먹어 댔다. "너무 행복해요." 내가 말했다. "드디어 다시 건강해지려나 봐

요. 이래 놓고 저한테 인슐린을 도로 못 맞게 하는 건
아니겠죠?" "안 그럴 거예요, 정상 체중이 되실 때까지
는요." 간호사가 말했다. 그날 조금 더 시간이 지난 뒤,
나는 환자복을 입고 창가의 의자에 앉아 있었다. 바깥
에는 큼지막하고 손질이 잘 된 잔디밭이 있었고, 두 채
의 낮은 건물 사이로는 하얀 거품이 일어나는 푸른 바
다 한 조각이 보였다. 가을이었고, 마른 잎들은 잔디 위
에 단정하게 쌓아 올려져 있었다. 줄무늬 옷을 입은 남
자 몇 명이 갈퀴로 잎들을 긁어모으고 있었는데, 별로
성의 있는 몸짓은 아니었다. "저, 산책은 언제 할 수 있
죠?" 루드비그센 부인이 머리를 빗어 줄 때 내가 물었
다. "조만간요." 부인이 약속했다. "저희 중에 한 명이
같이 갈 거예요. 아직 혼자 다니시면 안 되니까요."

이후로는 식사 시간이 되려면 얼마나 남았는지 확
인하려고 시계를 들여다보는 시기가 찾아왔다. 나는 식
사가 기다려졌고, 벽돌공처럼 먹어치웠다. 체중이 늘었
고, 그들은 이틀에 한 번씩 내 체중을 쟀다. 입원한 직
후에는 30킬로그램이었지만 이제는 40킬로그램까지 나
갔다. 이제 도움 없이도 걸어 다닐 수 있었고, 기분이
무척 좋았기 때문에 매일같이 밖으로 나가 햇빛 아래
서 간호사와 쉬지 않고 온갖 이야기를 나누었다. 나는
내가 카를을 만나기 전의 그 행복했던 시기에 느꼈던

것들을 다시 느끼고 있음을 깨달았다. 집에 매일 전화를 해도 된다는 허락을 받은 뒤로는 헬레에게도 전화를 걸어 이야기를 했다. 헬레는 이제 여섯 살이었고 학교에 갈 예정이었다. 헬레가 말했다. "엄마, 왜 아빠랑 다시 결혼 안 해요? 카를 아빠는 싫어요." 나는 웃음을 터뜨리고는, 그렇게 할 수도 있지만 그 사람이 내가 돌아오는 걸 바랄지는 잘 모르겠다고 말했다. "아빠 이제 술도 안 마셔요." 헬레가 희망찬 목소리로 말했다. "그 대신 학교 다니고 있어요. 어제도 빅토르 아저씨랑 여기 왔었어요. 빅토르 아저씨가 우리한테 사탕이랑 캐러멜 푸딩도 줬어요. 착한 아저씨였어요. 나한테 엄마처럼 작가가 될 거냐고 물어봤어요."

어느 날 오후, 내가 막 식사를 끝냈을 때 보르베르 박사가 나를 보러 왔다. "중요한 이야기를 해야 할 것 같아요." 자리에 앉은 그가 말했다. 나는 침대 가장자리에 걸터앉아 기대에 찬 눈으로 그를 보았다. "저 다시 건강해졌어요." 내가 말했다. "너무 행복해요." 그러자 그는 내가 신체적 건강은 되찾고 있지만 훨씬 더 많은 과정이 남아 있다고 했다. 유지기를 거치게 될 텐데 그게 가장 시간이 오래 걸리는 단계라는 것이었다. 나는 약물 없이 흔들리지 않고 살아가는 법을 배우게 되고, 데메롤에 얽힌 모든 기억은 서서히 내 머릿속에서 사라질 것이었다. "이렇게 보호 장치가 있는 병실에서 건강하고 행복하다고 느끼기는 쉽죠." 그가 말했다. "하지만 집에 돌아가 어려운 일을 겪게 되면, 우리 모두가 그렇듯이요, 그러면 다시 유혹이 생길 겁니다. 남편 되시는 분이 언제 완전히 건강해지실지는 모르겠지만, 아니, 한 번이라도 건강했던 적이 있었는지조차 모르겠지만, 절대로 그 사람을 다시 만나시면 안 됩니다. 무슨 일이 있어도요. 저희도 그 사람이 당신을 절대로 찾아가지 못하게 확실히 조치할 겁니다." 의사는 내게 다른 의사들을 찾아가 본 적이 있느냐고 물었고, 나는 없다고 했다. 그는 카를이 내게 데메롤 말고 다른 약을 준 적이 있는지도 물었고, 나는 메타돈을 췄었다고 대답했다. "그것도 똑같이 위험합니다." 그가 말했다. "그 약도 절대 다시 드시면 안 돼요." 그래서 나는 내가 겪은 그 온갖 끔찍한 고통들을 절대 잊을 수 없기 때문에 그 약은 앞으로 평생 동안 멀리할 거라고 말했다. "아뇨, 잊으실 겁니다." 의사가 냉정하게 말했다. "그 모든 걸 아주 금방 잊으실 거예요. 그 비슷한 약을 하고 싶다는 충동이 들면 이렇게 생각하실 거예요. '요만큼 한다고 뭐가 해롭겠어?' 자기가 그걸 통제할 수 있다고 생각하실 겁니다. 그러고는 미처 깨닫기도 전에 다시 붙들려 버리는 거예요." 나는 나도 모르게 웃음을 터뜨렸다. "저를 별로 좋게 평가하지 않으시네요, 그렇죠?" "중독자 분들하고 아주 슬픈 일들이 많았거든요." 그가 말했다. "백 분 중에 딱 한 분 정도만 완전히 회복하시죠." 그는 미소를 짓더니 내 어깨를 다정하게 두드렸다. "하지만 가끔 보면, 환자분이 그 한 분일 거라는 생각도 들어요. 왜냐하면 매우 보기 드문 차도를 보였기도 하고, 또 저희가 보게 되는 수많은 다른 분들하고는 달리, 환자분한테는 삶의 목표가 있기 때문이기도 해요." 그는 방을 나가기 전에 내게 구내 외출 허가를 내 주었는데, 그건 매일 한 시간씩 밖에 나가 병원 구내를 산책해도 된다는 뜻이었다.

시간이 지나갔다. 나는 병동 안에서나 병원의 아름다운 구내에서나 편안함을 느꼈고, 이따금씩 산책을 나온 다른 환자와 즐겁게 대화를 나누기도 했다. 내 담당 직원들에게 애착이 컸던 나는 더 좋은 병동으로 옮겨 주겠다는 제안도 거절했다. 야베가 내 타자기와 옷들을 가져다주었는데, 지난 몇 년 동안 새 옷을 산 적이 없다 보니 옷들은 볼품이 없었다. 야베는 또 내가 돈을 약간 가지고 있는지도 확인했다. 어느 날 나는 겨울에 입을 코트를 한 벌 장만하기 위해 보르딩보르까지 혼자 다녀와도 좋다는 허락을 받았다. 있는 겨울옷이라고는 에베와 함께 살던 시절에 입던 낡은 트렌치코트뿐이었는데, 그건 따뜻하지가 않았다. 나는 오후 늦게 시내로 출발했다. 어스름이 깔리고 있었다. 도시의 불빛으로 탈색된 하늘에 흐린 별 몇 개가 떠올랐다. 내 마음은 느긋하고 걱정이 없었고, 생각은 계속 에베와 함께 살던 시간들로 되돌아갔다. 헬레가 한 말이 떠올랐다. '엄마, 왜 아빠랑 다시 결혼 안 해요?' 그동안 에베에게 보내려고 편지를 쓰기 시작했던 적은 수없이 많았지만, 그 편지들은 결국 모두 쓰레기통으로 들어갔다. 나는 그에게 주지 않아도 되었던 고통을 너무 많이 주었고, 그는 결코 그 이유를 이해할 수 없을 것이었다.

코트를 사서 입은 나는 가게 진열창을 들여다보느라 멈춰서는 일 없이 시내 중심가를 되짚어 걸어갔다. 배가 고파서 얼른 저녁을 먹고 싶었다. 그때 불이 환하게 밝혀진 약국 진열창이 갑자기 내 주의를 끌어당겼다. 진열창 속의 수은제 용기와 온갖 결정結晶들을 담은 비커에서 부드러운 빛이 퍼져 나왔다. 나는 계속 거기 서 있었고, 그동안 내 안에서는 손만 뻗으면 닿을 곳에 있는 작은 흰색 알약들에 대한 갈망이 시커먼 액체처럼 솟아올랐다. 그렇게 나는 섬뜩한 사실을 깨달았다. 그 갈망은 나무줄기 속의 부패병처럼, 혹은 모체가 아무런 관계를 맺고 싶어 하지 않아도 자기 혼자 자라나는 태아처럼 내 안에 있었다. 나는 마지못해 몸을 빼내고 계속 걸어갔다. 바람이 내 긴 머리칼을 얼굴 위로 흩뜨려놓았고, 나는 화를 내며 머리를 옆으로 넘겼다. 나는 보르베르 박사의 말을 떠올렸다. 그 비슷한 약을 하고 싶다는 충동이 들면…….

돌아왔을 때 나는 타자 용지 한 장을 꺼내 그것을 바라보았다. 그걸 가위로 오려서 메타돈 처방전을 쓰고, 약국으로 걸어 들어가 약을 지어 오는 일은 너무나 쉬울 듯했다. 그러다 나는 이곳 사람들이 나에게 얼마나 많은 것을 해 주었는지, 내가 다시 건강해지자 그들이 얼마나 진심으로 함께 기뻐해 주었는지를 떠올렸고, 이런 식으로 그들을 실망시킬 수는 없다고 생각했다. 적어도 여기 있는 한은 그럴 수 없었다. 나는 욕실로 걸어가 용기를 끌어 모은 다음 거울을 들여다보았다. 내 모습에 커다란 충격을 받았던 그날 이후로 나는 거울을 보지 않고 있었다. 나는 나 자신을 향해 행복하게 미소 지으며 내 통통하고 매끄러운 두 뺨을 어루만졌다. 두 눈은 맑았고, 머리칼에선 윤기가 났다. 내 실제 나이보다 하루도 더 들어 보이지 않았다. 하지만 침대에 들어간 나는 클로랄 수화물을 마시고 난 뒤였는데도 오랫동안 잠들지 못한 채 그 약국 진열창을 떠올리며 누워 있었다. 메타돈은 내게 아주 잘 맞는 약이었다. 그냥 복용량만 더 늘리지 않으면 되지 않을까. 그러다가 재활 기간 중의 그 끝도 없던 고통이 떠올랐다. 안 돼, 절대로 다시 그럴 순 없어. 다음날 나는 에베에게 편지를 쓰면서 혹시 나를 찾아와 줄 수 있는지 물어보았다. 그의 답장은 며칠이 지나 도착했다. 내가 몇 달 전에 자기를 불렀다면 곧바로 달려갔을 거라고 그는 썼다. 하지만 이제 그는 다른 여자를 만났고, 모든 상황이 더 나아지기 시작한 참이었다. '누군가를 버리고 5년이 지나 돌아올 때는 그 사람이 똑같은 자리에 있을 거라고 기대하면 안 되죠.' 그는 그렇게 썼다.

나는 그의 편지를 읽으며 울었다. 전에는 어떤 남자도 나를 거절했던 적이 없었다. 그러다 에발스바켄에 있는 집이, 방치된 마당이, 내가 그 애들을 안다고 할 수 없는 것과 마찬가지로 더 이상 자기 어머니를 알지 못하는 나의 세 아이들이 떠올랐다. 집으로 가면 나는 그 애들과 야베하고만 있게 될 터였다. 나는 그 일에 적합하지 않은 사람 같았다. 오링에 병원에서 지내는 나머지 시간 동안 나는 다시는 시내에 나가지 않았다. 그 약국 진열창을 보지 않기 위해서였다.

# 7

내가 에발스바켄의 집으로 돌아올 때, 계절은 봄으로 바뀌어 있다. 좁다란 자갈길 곁에 있는 우리 집 울타리 위로는 개나리와 금사슬나무가 늘어져 있고, 그 나무들이 내뿜는 향기가 정원에 가득하다. 야베가 초콜릿과 집에서 만든 페이스트리를 내놓았고, 하나같이 깨끗하고 멋진 옷을 입은 아이들이 축하 식탁에 둘러앉아 있다. 식탁 한가운데에는 판지로 만든 표지판 하나가 꽃들이 꽂힌 꽃병에 기대 놓여 있다. 거기에는 '집에 온 걸 환영해요 엄마'라고 삐뚤빼뚤한 대문자로 적혀 있다. 자기가 직접 만든 거라고 헬레가 말한다. 그 애는 에베처

럼 치켜 올라간 눈으로 나를 보며 내가 칭찬해 주길 기
다린다. 작은애들 둘은 수줍음이 많고 조용하다. 내가
머리를 쓰다듬으려고 하자 우리집의 꼬마 반항아 트
리네는 내 손을 밀어내고 싫은 표정을 지으며 야베 쪽
으로 몸을 기댄다. 나는 아이들이 첫 걸음마를 하는 걸
봐 주고, 함께 뚱딴지같은 말들을 떠들어 대고, 아이들
의 긁힌 상처를 호 불어 주고, 저녁에는 잠을 재우며 노
래를 불러 준 사람이 모두 야베였다는 점에 대해 생각
한다. 오직 헬레만이 내게 친밀감이라 할 만한 것을 드
러내며 내가 떠나 있었던 적이 없는 것처럼 말을 건다.
그 애는 자기 아빠가 나와 마찬가지로 시를 쓰는 여자
와 결혼했다고 알려 준다. "하지만 엄마가 훨씬 더 예뻐
요." 헬레는 충성스럽게 말하고, 야베는 내게 마실 것을
따라 주며 웃음을 터뜨린다. "너희 어머니는 내가 처음
으로 뵈었던 날이랑 똑같이 예쁘셔." 그날 늦게 아이들
이 잠자리에 들어가자 나는 잠들지 않고 야베와 수다
를 떤다. 우리는 야베가 사 놓은 블랙커런트 브랜디 한
병을 나눠 마시고, 그러자 내 안의 설명하기 힘든 갈망
이 약간 가신다. "가끔 한 번씩 술을 마시는 게 더 낫지
요." 그렇게 말하는 야베의 두 뺨은 발그레하고, 두 눈
은 평소보다 더 반짝거린다. "남편이라는 사람이 사모
님한테 집어넣던 그 온갖 쓰레기들에 비하면요." "이제

나를 알코올 의존증 환자로 만들 셈이에요? 갈수록 태산이라더니!" 우리는 웃음을 터뜨리고, 야베가 매주 수요일 오후에, 그리고 2주에 한 번씩은 주말마다 쉬는 데 합의한다. 이 딱한 젊은 친구는 몇 년 동안 단 한 번도 휴가라는 걸 가지 못했던 것이다. 야베는 자기가 혼자서 뭘 하면 좋을지 내게 물어보고, 나는 신문에 개인 광고를 내라고 제안한다. 나 역시 그러고 싶다. "사람은 혼자 지내도록 만들어진 존재가 아니에요." 나는 그렇게 말하면서 신문 한 장과 연필을 가져오고, 우리는 우리 자신을 남자들이 원할 만한 온갖 특징을 갖춘 사람으로 묘사하는 두 건의 우스꽝스러운 광고를 지어내며 무척 즐거워한다. 우리는 꽤 취하고, 나는 늦은 시간이 되어서야 올라가 잠자리에 든다. 야베가 내 방을 싱싱한 꽃들로 장식해 놓았지만, 그곳에서 내게 일어났던 모든 일들의 기억이 갑자기 나를 덮쳐 온다. 나는 옷을 그대로 입은 채로 침대에 눕는다. 혼잣말을 중얼거리고 먼지 덩어리들을 집어 올리면서 여기저기를 서성이는 어떤 사람의 그림자가 보이는 것 같다. 궁금하다. 그는 지금 어디 있을까? 창가로 걸어가 창문을 열고 밖으로 몸을 기울이자 별들이 가득한 청명한 하늘이 펼쳐진다. 국자 모양 북두칠성의 손잡이 부분이 똑바로 나를 향하고, 저기 조명이 어두운 길 위에서는 한 커플이 끌어안고 있다. 그들은 가로등 밑에서 서로에게 키스를 한다. 비고 F.와 결혼했을 때, 나는 온 세상이 서로 사랑하는 커플들로 가득 차 있다고 느꼈었다. 그 기분을 다시 느끼고 있음을 알아차린 나는 재빨리 창문을 닫는다. 무거운 마음으로 옷을 벗고 잠자리에 든다. 그러다 클로랄 수화물을 타 마실 우유를 깜빡 잊고 안 가져왔다는 사실을 깨닫는다. 병원에서 클로랄 수화물 한 병을 받아 왔는데, 보르베르 박사는 그게 다 떨어지면 추가로 처방전을 보내 주겠다고 했다. 박사는 다른 의사들은 찾아가지 말라고 했다. 그는 내게 작별 인사를 건네면서 뭐든 문제가 생기면, 그리고 아무 문제가 없더라도 내가 어떻게 지내는지 알 수 있도록 전화를 해 달라고 했다. 나는 부엌에서 우유를 꺼내 침대로 돌아가서 평소처럼 두 번이 아니라 세 번 복용할 분량을 따라 마신다. 진정 효과가 몸속에 퍼지는 동안, 지금이 봄이고, 내가 여전히 젊으며, 나와 사랑에 빠져 있는 남자가 아무도 없다는 사실을 떠올린다. 나는 나도 모르게 내 몸을 껴안고, 베개를 동그랗게 뭉쳐서는 마치 그것이 살아 있는 것처럼 바짝 끌어당긴다.

하루하루는 변함없이 착실하게 지나가고, 나는 언제나 야베와 아이들과 함께 있다. 내 방에 혼자 있으면 슬퍼지고, 이제는 글을 쓰고 싶다는 욕망도 없다. 아이들은 내게 익숙해져서 이제는 야베에게 달려가는 것만큼이나 자주 내게 달려온다. 야베는 내가 밖으로 나가 사람들을 만나야 한다고 조언한다. 내가 다시 가족들과 친구들을 만나기를 바라는 그의 바람에도 불구하고, 나를 그러지 못하게 만드는 뭔가가 있다. 아마도 그건 누군가가 내 집에서 무슨 일들이 있었는지 알아낼 수도 있다는 해묵은 두려움일 것이다. 어느 날 아침, 나는 유난히 우울한 상태로 잠에서 깨어난다. 바깥에 비가 떨어지는 소리가 들리고, 내 방은 음울한 회색 빛으로 가득 찬다. 보르딩보르에 있던 약국 진열창이 마치 딱 한 번이 아니라 백 번쯤은 본 것처럼 내 마음의 눈앞에 또렷하게 나타난다. 책상 위에 놓인 종이 무더기가 눈에 들어온다. 딱 두 알만, 나는 생각한다. 아침마다 두 알씩만 먹고 절대 더는 먹지 않는 거야. 그 정도로 뭐가 해롭겠어? 나는 불쾌한 기분에 몸을 떨며 침대에서 나온다. 그러고는 책상 앞에 앉아 가위를 꺼내고, 종이 한 장을 사각형 모양으로 오려 낸다. 나는 조심스럽게 처방전을 쓰고, 옷을 입고, 야베에게는 아침 산책을 다녀오겠다고 말해 둔다. 나는 카를의 이름으로 서명하고는 그가 이 세상 어디에 있든 이 일에 대해서만큼은 나를 보호해 줄 거라고 확신한다. 그리고 집에 돌아와 알약 두 개를 삼키고 가만히 선 채로 약병을 바라본다. 200

알을 받아 왔다. 재활 과정에서 겪은 고통이 기억나면서 보르베르 박사의 목소리가 희미하게 들려온다. '금방 잊으실 겁니다.' 갑자기 나는 나 자신에게 겁이 나서 약병을 캐비닛 안에 넣고 잠근다. 그러고는 내 행동을 이해하지 못하는 상태로 열쇠를 침대 매트리스 밑 깊숙한 곳에 밀어 넣는다. 약효가 나타나자 나는 행복감과 진취적인 기분에 가득 차서 타자기 앞에 앉는다. 오랫동안 작업하려고 생각해 온 시의 첫 두 행을 쓴다. 첫 두 행은 언제나 술술 써진다. 작업이 끝나고 시가 훌륭하다는 생각이 들자, 보르베르 박사와 이야기를 하고픈 충동이 강렬해진다. 그에게 전화를 하자, 그는 어떻게 지내느냐고 내게 묻는다. "좋아요." 나는 대답한다. "하늘은 파랗고 잔디는 평소보다 더 푸르네요." 수화기 반대편에 잠시 침묵이 흐른다. 박사가 날카로운 목소리로 묻는다. "잠깐만요, 뭘 복용하셨습니까?" "아무것도요." 나는 거짓말을 한다. "그냥 기분이 좋은 것뿐이에요. 왜 물으세요?" "아닙니다." 그가 웃으며 말한다. "그냥 저한테는 의심이 천성이라 그래요."

부엌으로 내려간 나는 야베가 감자 껍질 벗기는 걸 돕고, 그러는 동안 아이들은 우리 주위를 빙글빙글 돈다. 일요일이어서 헬레는 학교를 안 가고 집에 있다. 우리는 부엌 식탁에서 커피를 마시고, 그 뒤에 나는 아이들과 함께 놀이방으로 들어가 『그림 형제의 옛날이 야기』를 소리 내 읽어 준다. 점심을 먹고 나서 내가 너무 우울해하며 한 가지 생각에만 몰두해 있자 야베가 걱정스러운 얼굴로 묻는다. "뭐가 잘못됐나요?" "아뇨." 나는 대답한다. "그냥 낮잠을 좀 자야겠어요." 나는 위층으로 올라가 누워서는 두 손을 머리 밑에 깔고 천장을 노려본다. 두 알만 더, 나는 생각한다. 옛날에 집어삼키곤 했던 양에 비하면 그 정도는 조금도 해롭지 않을 거야. 카를의 방에 들어간 나는 캐비닛 안에 열쇠가 없다는 걸 알아챈다. 대체 그걸 어디에 넣어 둔 거지? 도저히 기억해 내지 못한 나는 갑자기 공포에 사로잡힌다. 불안한 땀이 겨드랑이에서 흥건히 배어 나온다. 나는 방을 엉망으로 헤집기 시작한다. 미친 듯 열쇠를 찾다가 문득 오늘이 일요일이라는 걸 깨닫는다. 약국은 틀림없이 닫았을 것이다. 나는 책상 서랍들을 몽땅 테이블 위에 비우고, 뒤집고, 바닥을 두드려 보지만 열쇠는 거기 없다. 난 그 알약들이 필요해, 딱 두 알만 더. 내 생각은 거기서 멈춰 버린다. 나는 아래층으로 내려간다. "야베. 큰일 났어요. 캐비닛 열쇠가 없어졌는데, 거기서 당장 꺼내야 하는 원고가 있어요. 내일까지 기다리면 너무 늦고요." 현실적인 야베는 그냥 자물쇠 수리공을 부르면 되지 않겠느냐고 한다. 집 문이 잠겼을 때 한 번 그렇게 해본 적이 있다고. "그 사람들은 밤낮 없이 일해요." 야베는 그렇게 말하면서 전화번호부를 뒤져 번호를 찾아 준다. 나는 위층으로 달려 올라가 전화기를 집어 들고는 책상 열쇠가 없어졌다고 설명한다. 책상 속에 반드시 지금 당장 먹어야 하는 약이 있다고. 그러자 전화를 받았던 남자가 찾아와 자물쇠를 비틀어 열어 준다. "다 됐습니다, 부인. 이제 슬퍼하지 않으셔도 돼요. 25크로네 되겠습니다." 그가 떠나고 난 뒤 나는 네 알을 복용하고, 내 의식의 맑고 빈틈없는 부분을 사용해서 생각한다. 다시 붙들렸어. 나를 멈추게 하려면 기적이 필요할 거야. 하지만 다음날 아침이 되자 나는 처음에 마음먹었던 대로 딱 두 알만 복용한다. 그리고 더 먹으라는 유혹이 밀려올 때는 그저 약병을 손에 쥐고만 있어도 참을 만하다는 생각이 든다. 약은 여기 있고, 아무데도 가지 않을 것이다. 이건 내 것이고, 아무도 내게서 이걸 빼앗지 못한다.

며칠이 지난 어느 날 밤, 나는 전화벨 소리에 잠에서 깬다. "여보세요." 거친 목소리다. "나 아르네예요. 시네는 런던에 있는데, 돌아오면 우리는 이혼할 거예요. 근데 그게 전화한 이유는 아니고요. 빅토르랑 나랑 지금 우리 집에서 한잔하고 있는데, 토베네 집에 찾아가 볼까 해서요. 당신이랑 빅토르가 아직 만난 적이 없다는 게 너무 이상해요. 우리, 가도 될까요?" "안 돼요." 나는 신경질을 낸다. "자고 있었다고요." 아르네는 아랑곳하지 않는다. "그럼 내일은 어때요, 훤한 대낮에?" 그를 치워 버리고 싶어서 나는 알겠다고 대답한다. 전화기 플러그를 뽑아 버리고 다시 침대에 들어갔을 때, 내일은 야베가 쉬는 날이라는 게 기억난다. 제발 그들이 다시 전화하지 않으면 싶다. 아침이 되자 그 일을 모두 잊어버린 나는 알약 두 알을 먹고 내려가 야베와 아이들과 함께 아침을 먹는다. 야베가 나가고 나자 다시 전화벨이 울린다. 아르네는 전날 밤보다도 훨씬 더 취해 있다. "우리 여기 그린스에서 오붓하게 맥주 한잔 하고 있어요. 30분 뒤에 그리로 갈게요." 전화를 끊은 뒤, 나는 위층으로 올라가 내가 그 일을 치러내는 데 도움이 될 알약을 네 알 삼켰다. 그런 다음 아이들에게 옷을 입히고 함께 거리로 산책을 나갔다. 7월이었고, 나는 야베와 함께 외출했던 어느 날 샀던 푸른색 여름 원피스를 입고 있었다. 집에 오는 길에 택시 한 대가 우리를 지나쳐 갔는데, 뒤쪽 차창 너머로 아르네의 술 취한 포동포동한 얼굴이 보였다. 그 옆에는 누군지 알 수 없는 어떤 사람이 앉아 있었다. 차는 우리보다 먼저 집 앞에 도착했고, 두 남자는 두 팔에 술병들을 가득 들고 걸어 나왔다. "안녕, 토베." 아르네가 소리쳤다. "빅토르랑 같이 왔어요." 나는 그들에게 인사를 했고, 이름이 빅토르라는 남자는 내 손에 키스했다. 제법 진지해 보이는 그를 보자 내 모든 짜증은 단숨에 사라졌다. 나는 아이들의 손을 놓았고, 아이들은 집으로 달려갔다. 햇빛이 강렬해서 빅토르의 눈은 잘 안 보였지만, 큐피드의 활 모양을 한 그의 입술은 내가 그때까지 본 것 중 최고로 아름다운 입술이었다. 그의 전체적인 자태는 살짝 흐트러진 듯하면서도 어딘가 악마적인 생명력을 발산하면서 나를 완전히 매혹시켰다. 나는 그들을 집 안으로 데리고 들어갔고, 아르네는 곧바로 카를의 침대에 쓰러져 정신을 잃어버렸다. 나는 헬레에게 잠깐만 동생들을 봐 달라고 하고는 빅토르를 내 방으로 데리고 올라갔다. 그는 자리에 앉아 아무 말도 하지 않고 나를 바라보았다. 다른 의자에 앉은 내 심장은 세차게 뛰었다. 나는 행복과 공포가 뒤섞인 감정으로 가득 찼다. 어렸을 때 어머니가 흐느끼면서 집을 나가겠다고 하고, 오빠와 나는 우리가 어떻게 될지 알 수 없어 불안해했던 적이 있었는데, 그때 느꼈던 것과 똑같은 공포였다. 빅토르가 내 앞에 무릎을 꿇고 앉아 내 발목을 어루만지기 시작했다. "당신을 사랑해요." 그가 말했다. "당신이 쓴 시들을 사랑해요. 오랫동안 당신을 만나 보고 싶었어요." 나는 그의 얼굴을 들어 올려 내 얼굴을 향하게 하고는 말했다. "첫눈에 반한다는 얘기들은 다 거짓말이라고 항상 생각했어요. 지금까지는요." 나는 그의 머리를 내 두 손으로 감싸고 그 아름다운 입술에 키스했다. 그의 피로한 두 눈 밑에는 짙은 연기 같은 빛깔의 그늘이 드리워 있었고, 주름 두 개가 눈물로 만들어진 자국처럼 그의 뺨을 따라 나 있었다. 고통과 열정으로 가득한 얼굴이었다. "가지 말아요." 그에게 완전히 빠진 목소리로 내가 말했다. "다시는 나를 떠나지 말아요." 방금 처음 만난 사람에게 하기에는 이상한 말이었는데도 빅토르는 전혀 놀란 기색이 없어 보였다. "안 갈게요." 나를 바짝 끌어당기며 그가 말했다. "다시는 당신을 떠나지 않을 거예요." 그런 다음 우리는 아래층에 있는 아이들에게 내려갔다. 아이들은 이미 여러 번, 내가 오링에 병원에 있을 때 집으로 찾아왔던 빅토르를 알고 있었다. "여기 봐, 헬레." 빅토르가 말했다. "여기, 10크로네야. 이제 가서 너희 셋 모두 빨간색 사탕 좀 사 먹으렴." 식사가 끝난 뒤 헬레는 황홀해하는 눈으로 빅토르를 바라보며 말했다. "엄마, 우리 집에 다시 아빠가 생기게 이 아저씨랑 결혼하면 안 돼요?" 빅토르는 웃음을 터뜨리고는 말했다. "생각해 볼게."

"정신을 못 차릴 만큼 당신을 사랑해요." 우리가 다시 내 침대로 돌아가 누웠을 때 나는 그렇게 말했다.

"자고 갈래요?" "그럴게요, 앞으로 평생 동안." 그는 눈부시게 하얀 이를 드러내는 미소를 지으면서 말했다. "당신 아내는요?" 내가 물었다. "사랑이라는 법률은 우리 편이에요." 그가 말했다. 그러자 나는 그에게 키스하며 속삭였다. "그 법이 우리한테 다른 사람들을 상처 입힐 권리를 주는군요." 우리는 사랑을 나눴고, 거의 밤새도록 이야기했다. 그가 이야기해 준 어린 시절은 에베의 어린 시절과 상당히 비슷했지만, 나로서는 여전히 처음 듣는 것만 같았다. 나는 카를과 함께 보낸 광기 어린 5년과 오링에 병원에서 보낸 시간들에 대해 빅토르에게 이야기했다. "중독 때문에 사람이 그렇게 아플 수 있다는 건 몰랐어요." 그가 놀라서 말했다. "그냥 나 같은 사람들이 맥주 마시는 거랑 비슷한 건 줄 알았거든요. 그냥 삶을 살아 내기 위해 필요한 거라고 생각했어요." 이윽고 그가 잠들자, 나는 거기 누워 그의 얼굴을, 그 우아한 콧구멍과 정교한 입술을 자세히 들여다보았다. 내가 야베에게 이렇게 말했던 때가 떠올랐다. '누군가에 대해 감정을 느낄 수 있다니.' 이제는 나 역시 그럴 수 있었고, 에베를 만난 뒤로 그런 감정은 처음이었다. 나는 더 이상 외롭지 않았고, 앞으로 평생 동안 내 곁에 있겠다는 빅토르의 말은 그저 취해서 내뱉은 허튼소리만은 아닌 것처럼 느껴졌다. 나는 클로랄 수화물을 마시고는 그의 몸 가까이로 바짝 파고들었다. 그의 금발머리에서는 햇빛을 받으며 잔디 위에서 놀다가 방금 집에 돌아온 아이 같은 향기가 났다.

# 8

그때부터 빅토르와 나는 거의 언제나 함께 있었다. 그는 오직 자기 아내가 그의 셔츠를 세탁하고 다림질해 주는 일이 필요할 때만 집에 돌아갔고, 나는 몇 년 지나면 내가 그 역할을 하고 있을 것 같다며 웃음을 터뜨렸다. 빅토르에게는 그가 무척 아끼는 네 살 난 딸이 있었고, 그는 종종 그 아이 이야기를 했다. 그는 하루걸러 한 번씩 직장을 빼먹었고, 출근하는 날이면 한 시간에 한 번씩 내게 전화를 걸어 이야기를 나누었다. 그는 에베와 마찬가지로 경제학을 전공했고, 에베와 마찬가지로 문학에 더 흥미가 있었다. 빅토르는 톨스토이의 『전쟁과 평화』에 나오는 안드레이 공작이나 『삼총사』의 달타냥 흉내를 내며 내 방을 가로질렀다. 그럴 때면 그는 보이지 않는 칼로 검술을 선보이고, 모든 역할을 혼자 도맡으며 대규모 전투 장면을 연기하곤 했다. 그렇게 그의 여윈 몸이 방 안을 이리저리 움직이는 동안 그의 입술에서는 인용구들이 계속 흘러나왔고, 그러다 지친 그는 웃음을 터뜨리며 침대에 쓰러지곤 했다. "시대를 잘못 타고났어요." 그가 말했다. "한 200년쯤 너무 늦게 태어난 것 같아요. 하지만 만약 그때 태어났더라면 당신을 만나지 못했겠죠." 그는 나를 품에 안았고, 우리는 우리 주위의 모든 세상을 잊어버렸다. 우리의 욕망은 충족되자마자 또 다시 되살아났고, 아이들은 다시금 야베의 보살핌에 맡겨졌다. "사랑에 있어서 끔찍한 점이 있다면 그거예요." 내가 말했다. "다른 사람들에 대한 관심이 없어진다는 거요." "맞아요." 그가 말했다. "그리고 결국에는 항상 엄청나게 고통스러워지죠." 어느 날 그는 행복한 표정으로 내게 오더니 아내가 이혼을 요구했다고 말했다. 그래서 그는 옷가지와 책들만 달랑 가지고 우리 집으로 들어와 살게 되었다. 그는 물질적인 것들에는 관심이 없었다. 거의 같은 시기에, 카를에게 이혼 조정을 의뢰받은 변호사로부터 전화 한 통이 걸려왔다. 그는 카를이 집을 팔고 그 금액의 절반을 받고 싶어 한다고 설명했다. "그럼 팔죠 뭐." 빅토르가 말했다. "우린 다른 곳을 찾아서 살면 돼요."

그러나, 빅토르는 아직 알아차리지 못했지만 우리의 행복한 날들에는 그림자 하나가 드리워지고 있었다. 나는 약을 끊으면 힘들어질 거라는 두려움 때문에 메타돈을 점점 더 많이 복용하고 있었다. 빅토르는 식욕을 잃고 살이 빠진 내가 사자에게 잡아먹히기로 작정한 가젤처럼 보인다고 했다. 나는 실제로 필요한 복용량에 대해서는 한 번도 알아보지 않은 채 마음대로 약을 먹었다. 가끔은 보르베르 박사에게 전화를 걸어 모든 걸 털어놓고 싶기도 했다. 빅토르에게도 말하고 싶은 충동이 일었지만, 그를 잃어버릴지도 모른다는 두려움이 그 충동을 억눌렀다.

어느 일요일 아침 일찍, 우리는 외딴 곳에 있는 작은 단골 카페에서 커피를 마시기 위해 자전거를 타고 뒤레하우엔으로 갔다. 나는 출발하기 전에 메타돈 네 알을 먹었지만 약병을 가져오는 것을 잊었다. 우리는 거기 앉아 서로의 눈을 빤히 들여다보았고, 종업원은 우리에게 관대한 미소를 지어 보였다. "저 사람이 무슨 생각을 할까요." 내가 말했다. 빅토르가 웃었다. "당신도 분명 알 걸요." 그가 말했다. "사랑에 빠진 사람들만큼 어리석어 보이는 건 없다는 걸요. 저 사람은 그냥 우리가 재미있다고 생각할 거예요." 빅토르가 자기 손을 내 손 위에 올려놓았다. "당신 꼭 오달리스크²⁹ 같아 보이네요." 그렇게 말한 그는 오달리스크가 뭔지 내게 설명해 주어야 했다. 하늘은 흠 하나 없이 푸르렀고, 새들의 노랫소리에는 봄 특유의 기쁨이 담겨 있었다. 붉은 체크무늬 식탁보 위에는 오색방울새 한 마리가 앉아 빵부스러기를 쪼고 있었고, 그 순간은 앞으로 무슨 일이 일어나든 내가 언제나 다시 끄집어내 경험할 수 있는 무언가가 되어 내 기억 속에 새겨졌다. 우리는 손을 잡고 숲속을 산책했고, 나는 빅토르에게 비고 F.와의 결혼에 대해, 그때 내가 사랑에 빠진 젊은 커플들을 보는 걸 얼마나 힘들어했는지에 대해 말해 주었다. 시간은 금세 지나갔고, 빅토르는 식당으로 돌아가 점심을 먹자고 했다. 그때 갑자기, 마치 뒤에서 무언가가 나를 덮치듯 한 줄기의 오싹한 한기가 내 몸속을 흘러 지나갔다. 그게 무슨 뜻인지 알아차린 나는 빅토르의 손을 놓았다. "안 돼." 내가 말했다. "그만 집에 가는 게 낫겠어요." "아니, 왜 그래요." 놀란 그는 조금 불편해진 표정으로 말했다. "지금 너무 좋은데, 그렇게 서둘러서 집에

---

29  터키 황제의 시중을 들던 여자 노예 또는 그 주제를 가지고 그린 그림들의 장르를 뜻한다.

갈 필요 없잖아요." 나는 꼼짝하지 않고 서서 몸을 덥히려고 두 팔로 내 몸을 껴안았다. 입에 침이 고이고, 금방이라도 토할 것만 같았다. 그러다 불쑥 말해 버렸다. "있잖아요, 나 집에 정말로 먹어야 하는 약이 있어요. 그 약 없이는 여기 못 있겠어요. 집에 가면 안 돼요?" 걱정이 된 그는 그게 어떤 종류의 약이냐고 물었고, 나는 이름을 말해 줘도 모를 거라고 대답했다. "그럼 당신은 아직도 중독자인 거군요." 그가 불안한 목소리로 말했다. "나랑 같이 있으면 괜찮아질 줄 알았는데." 자전거를 타고 집으로 돌아가는 동안 나는 약을 끊고 싶다고, 그래서 서서히 줄이고 있다고 빅토르에게 말했다. 당신이 있으면 충분하다고. 내가 약을 원하는 건 그저 신체적인 의존 상태에 불과하다고. 빠르게 페달을 밟으며, 나는 보르베르 박사에게 전화해서 어떻게 해야 할지 물어보겠다고도 말했다. "집에 도착하는 대로 그것부터 해요." 빅토르는 내가 그때껏 들어본 적 없는 고압적인 목소리로 말했다. 우리는 집에 도착했고, 나는 네 알을 삼킨 다음 보르베르 박사에게 전화했다. "저 사랑에 빠졌어요." 내가 말했다. "우린 같이 살고 있고, 그 사람 이름은 빅토르예요." "그 사람이 의사일 리는 없겠죠." 보르베르가 말했다. 그래서 나는 가짜 처방전 이야기와 약을 끊고 싶지만 혼자서는 그럴 수가 없다는 이야기를 했다. 그는 잠깐 동안 말이 없었다. 그러더니 감정 없는 목소리로 말했다. "빅토르 좀 바꿔 주세요." 나는 빅토르에게 수화기를 건넸고, 보르베르는 약 한 시간 동안 그와 이야기를 했다. 보르베르는 빅토르에게 중독이라는 게 어떤 건지, 그가 나를 사랑한다면 앞으로 어떤 것들과 싸워야 할지 알려 주었다. 수화기를 내려놓은 빅토르는 딴 사람이 되어 있었다. 그는 냉정하고 단단한 의지가 배어 나오는 얼굴로 나를 향해 손을 내밀었다. "그 약 나한테 줘요." 그가 말했다. 겁에 질린 나는 달려가 약병을 가져왔고, 그는 자기 주머니에 그것을 넣었다. "하루에 두 알씩만 먹어요." 그가 말했다. "더도, 덜도 안 돼요. 그리고 이걸 다 먹으면 그때는 끝인 거예요. 더 이상 가짜 처방전은 안 돼요. 한 번만 더 그런 걸 쓰다 걸리면 다시는 나를 못 보게 될 줄 알아요." "이제 나를 사랑하지 않는 건가요?" 흐느껴 울면서 내가 물었다. "사랑해요." 그가 말했다. "그래서 이러는 거예요."

이후에 이어진 날들은 비참했다. 그러나 그 날들도 지나갔고, 우리는 다시 둘 다 행복해졌다. "이제 그건 완전히 끝났어요." 나는 빅토르에게 약속했다. "당신은 세상의 모든 약을 합친 것보다 내게 더 소중해요." 우리는 집을 팔고 야베와 아이들 모두와 함께 프레데릭스베르에 있는 방 네 개짜리 아파트로 이사했다.

가을이 한창이던 어느 날 밤, 헬레가 아팠다. 아이는 열 때문에 떨리는 몸으로 우리 방에 들어와 침대에 기어 올라왔다. 목이 아프다고 해서 체온을 재 보니 섭씨 40도가 넘었다. 어떻게 해야 할지 빅토르에게 묻자 그는 야간 당직 의사에게 전화해 보겠다고 말했다. 30분 뒤 의사가 도착했다. 키가 크고 친절한 남자였던 그는 헬레의 목구멍을 들여다보더니 페니실린 처방전을 써 주었다. "아이들이 어른들보다 쉽게 열이 나긴 해요." 그가 말했다. "하지만 혹시 모르니 지금 주사를 한 대 놔 드릴게요." 그가 가방을 열었을 때, 나는 주사기와 앰풀 들을 보았다. 그리고 내가 먼 곳에 묻어 버렸다고 생각했던 데메롤에 대한 갈망이 돌아와서는 손 쓸 새도 없이 내 의식 전체를 사로잡은 모습을 보았다. 빅토르는 언제나 나보다 먼저 잠들었고, 잠을 깊이 잤다. 그 다음날 밤, 나는 침대에서 기어 나와 거실에 있는 수화기를 조심스레 집어 들고는 당직 의사의 전화번호를 돌렸다. 그러고는 두 다리를 한쪽으로 포개 구부린 채 스툴에 올라앉아 기다렸다. 의사가 초인종을 누르지 않도록 문은 열어 두었다. 나는 빅토르에게 들킬까 봐 반쯤은 겁에 질려 있었지만, 나를 온통 휘어잡은 그것은 두려움보다 강했다. 의사가 도착하자 나는 귀가 아파서 죽을 것 같다고 말했다. 그는 내 수술한 쪽 귀를 들여다보더니 물었다. "혹시 모르핀이 몸에 받으실까요?" "아뇨." 내가 말했다. "그걸 맞으면 토할 것 같아져요." "그럼 다른 걸 시도해 봐야겠네요." 그는 그렇게 말하며 주사기를 채웠다. 나는 그게 데메롤이게 해 달라고 신에게 기도했다. 그건 데메롤이 맞았고, 침대로, 잠들어 있는 빅토르 곁으로 돌아온 나는 그 옛날의 행복하고 감미로운 느낌이 내 온 몸속을 흘러다니는 걸 느꼈다. 행복 속에서, 그 모든 것을 잊고서, 나는 내가 하고 싶은만큼 자주 그 약을 해도 될 거라고 생각했다. 위험할 게 별로 없었다.

하지만 며칠이 지난 어느 날 밤, 야간 당직 의사가 주사기를 잡아당겨 약을 채우는 중에 빅토르가 갑자기 거실로 걸어 들어왔다. "도대체 여기서 뭐하는 겁니까?" 그는 겁에 질린 의사에게 분노에 찬 고함을 질렀다. "이 여자는 아픈 데가 없어요! 당장 여기서 나가고 다시는 이 집에 발 들이지 마시오!" 의사가 떠나고 나자 빅토르는 내 어깨를 아플 정도로 세게 꽉 붙잡았다. "이 망할 꼬마 악마야." 그가 으르렁거렸다. "한 번만 더 하면 난 가 버릴 거야."

하지만 그는 가 버리지 않았다. 한 번도 가 버린 적이 없었다. 그는 나로서는 겁에 질릴 만큼 변함없는 생명력과 분노로 자신의 끔찍한 적수에 맞서 싸웠다. 싸움을 그만두고 싶다는 충동이 생길 때마다 그는 보르베르 박사에게 전화를 걸었고, 박사의 말들은 그에게 새로운 힘을 불어넣어 주었다. 나는 야간 의사를 쓰는 방법을 포기해야 했다. 빅토르가 더 이상 잠을 잘 엄두를 내지 못했기 때문이었다. 하지만 그가 출근해 있을 때면 나는 다른 의사들을 찾아가 별로 어렵지 않게 그들이 놔 주는 주사를 맞곤 했다. 그러고는 저녁이 되면 나 자신을 방어하려고 내가 한 일을 빅토르에게 털어놓았다. 빅토르는 수많은 의사에게 전화해서는 보건부에 신고하겠다고 위협했다. 내가 그들을 다시 찾아가지 못하게 하기 위해서였다. 하지만 데메롤을 향한 미친 듯한 갈망 속에서 나는 언제나 또 다른 의사들을 찾아냈다. 내가 음식을 거의 먹지 못하고 다시 살이 빠지자 야베는 내 건강을 심각하게 걱정했다. 보르베르 박사는 빅토르에게 이대로 가다가는 내가 다시 입원해야 할 거라고 말했다. 그러나 나는 집에 그냥 있게 해 달라고 빅토르에게 애원했다. 나는 달라지겠다고 약속했고, 그런 다음에는 그 약속을 깼다. 마침내 보르베르 박사는 빅토르에게 우리의 유일한 진짜 해결책은 코펜하겐을 떠나는 거라고 말했다. 그때 우리는 돈이 별로 없었지만, 하셀발크 출판사에서 돈을 빌려 비르케뢰드 교외에 있는 집을 한 채 살 수 있었다. 그 도시에는 의사가 다섯 명 있었고, 빅토르는 곧장 그들 모두를 찾아가서는 내게 아무것도 해 주지 말라고 했다. 그렇게 나는 약을 구할 수 없게 되었고, 그게 내게 주어진 삶이라는 걸 천천히 받아들였다. 빅토르와 나는 서로를 사랑했고, 나는 빅토르와 아이들이 있다는 것만으로도 충만해졌다. 나는 다시 글쓰기를 시작했고, 현실이 나를 고통스럽게 할 때면 그때마다 레드 와인을 한 병씩 사서 빅토르와 나눠 마셨다. 나는 수년간의 중독으로부터 구원받았다. 하지만 그 뒤로도 줄곧, 어쩌다 혈액 검사를 받아야 하거나 약국 진열창을 지나칠 때면 내 오랜 갈망은 여전히 희미하게 되돌아온다. 절대로, 내가 살아 있는 동안 그것이 완전히 사라지는 일은 없을 것이다.

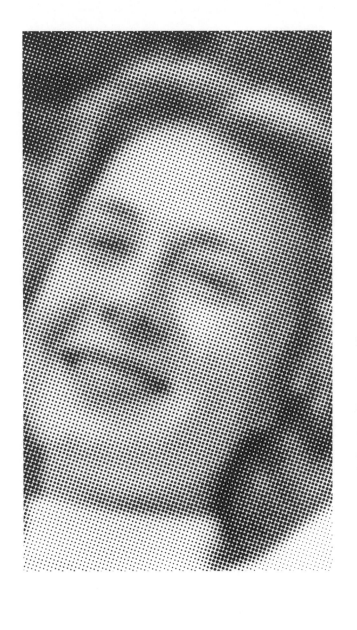

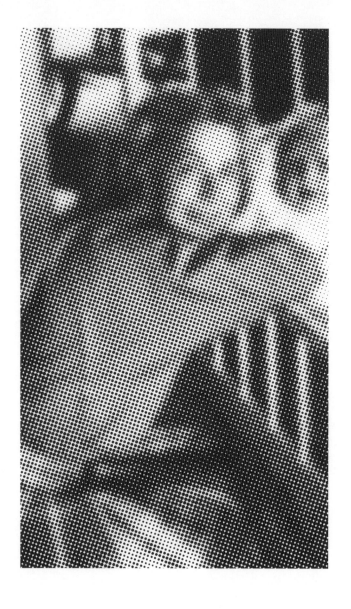

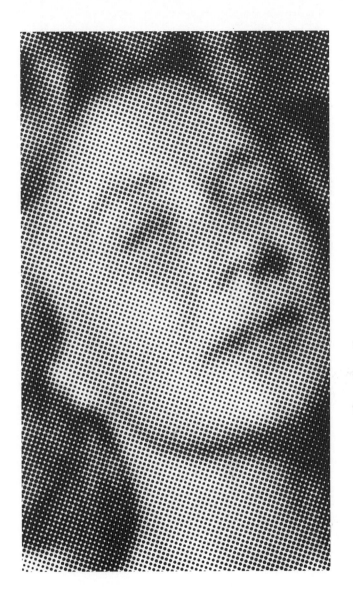

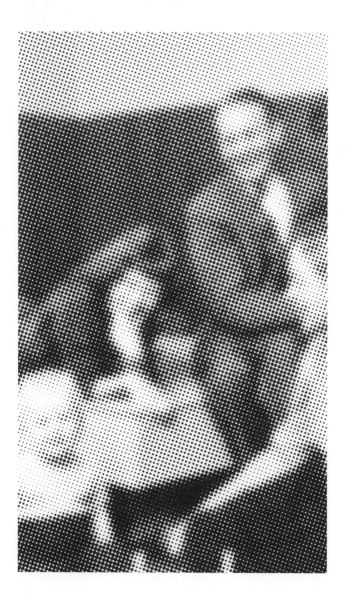

# 토베 디틀레우센
## 1917~1976

**본문을 먼저 읽은 후 읽기를 권장합니다**

첫 시집을 출간한 이듬해인 1940년에 비고 F. 묄레르와 결혼한 디틀레우센은 이때부터 1951년까지 총 네 차례 결혼했다. 한편, 1945년에 진통제로 접한 데메롤에 중독되면서 시작된 약물 남용은 남은 생애 내내 디틀레우센의 삶을 뒤흔들었다. 이 혼란은 특히 작가로서 위기에 봉착한 1970년 무렵에 가중되었다. 고전적인 운율을 애용한 그의 시들은 모더니즘 시들에 비해 낡은 것으로 평가받았던 것이다. 정신적으로 어려움을 겪은 디틀레우센은 1973년에 마지막 남편인 빅토르 안데르센과 이혼했고, 이듬해 자살을 시도했다. 결국 1976년에 치사량의 수면제를 복용하고 사망했다.

디틀레우센은 사후 약 10여 년 동안 급격히 잊혀 갔다. 구시대적인 작가로 평가받은 데다, 자신의 결핍과 한계를 냉정하게 서술했던 그의 삶과 문학은 보수와 진보 어느 쪽의 정치적 취향과도 부합하지 않았기 때문이다. 이후 해외의 호평을 바탕으로 재평가가 시작되면서 인간 내면의 불안을 관찰하는 데 있어 독보적인 능력을 가진 작가로 자리매김했다.

디틀레우센을 교과서에 싣기를 주저했던 덴마크 정부는 2014년에 그의 작품을 초등 교과서에 수록했다.